魔幻偵探所 17

誰在塔中哭泣

關景峰　著

新雅文化事業有限公司
www.sunya.com.hk

魔幻偵探所 17

誰在塔中哭泣

作　　者：關景峰
繪　　畫：陳焯嘉
策　　劃：甄艷慈
責任編輯：潘宏飛
美術設計：李成宇
出　　版：新雅文化事業有限公司
香港英皇道499號北角工業大廈18樓
電話：(852) 2138 7998
傳真：(852) 2597 4003
網址：http://www.sunya.com.hk
電郵：marketing@sunya.com.hk
發　　行：香港聯合書刊物流有限公司
香港新界大埔汀麗路36號中華商務印刷大廈3字樓
電話：(852) 2150 2100　傳真：(852) 2407 3062
電郵：info@suplogistics.com.hk
印　　刷：中華商務彩色印刷有限公司
香港新界大埔汀麗路36號
版　　次：二〇一三年五月初版
10 9 8 7 6 5 4 3 2 / 2016

ISBN：978-962-08-5855-0

18/F, North Point Industrial Building, 499 King's Road, Hong Kong
Published and printed in Hong Kong

帶你挑戰魔幻偵探世界

《魔幻偵探所》是一套融入魔法奇幻色彩的新穎偵探小説。在書中，你可以接觸到錯綜複雜的案件、精心安排的陷阱、充滿挑戰的偵探推理，還能窺探到面目可憎的魔怪、異想天開的武器、詭異玄幻的魔界天地。

本叢書的獨到之處是，我們結合故事進展編繪了眾多提示圖表，將幫助你迅速理清光怪陸離的案件線索，從而和書中偵探一起，投入到緊張刺激的偵破行動中。

同時，為了讓你儘快掌握行之有效的邏輯推理方法，領略奇妙動人的魔界空間，我們在每冊書的最後更是精心設計了「偵探課堂」或者「魔法時間」欄目。

在「偵探課堂」裏，我們將從基本的偵探常識入手，逐層深入地講述成為偵探需要掌握的各種技能。你將了解到：如何開展偵探工作，如何具備做偵探工作所需要的心理素質，怎樣有效地提高偵探技能和偵探知識；學習在辦案過程中，靈活機動地做出應變措施；在搜集情報和調查取證過程中，怎樣巧妙地獲得蛛絲馬跡；在面對反偵探、反跟蹤的情況下，懂得擺脱盯梢的尾巴；在撲朔迷離的鬥

智鬥勇中，利用有效手段保護自身實力；在和邪惡勢力對弈交鋒的關鍵時刻，闖過波瀾起伏的生命危機……

通過「偵探課堂」指迷，你收穫的不僅僅是揭開神秘面紗、破解疑案謎團的欣喜，還能夠養成細心觀察、勤於思考的習慣，在不知不覺中提高學習知識的興趣。在潛移默化中，還培養了良好的正義觀念，提升了邏輯推理能力，並對養成堅韌性格形成有效的激勵。

而「魔法時間」欄目，則匯集了眾多的魔界咒語法令、魔法圖符、魔法植物、降魔武器，它將帶你走進與眾不同的奇幻空間，領略到眾多超自然物質的魅力。

如果你不怕動腦筋，如果你極具好奇精神，如果你自信具有足夠的膽量與推理能力，那麼就一起來和魔幻偵探所的成員們去偵破一個個詭異複雜的案件吧！不論你是否已具有一定的推理能力，「魔幻偵探」們都能使你成為偵探推理高手，成為破案高手！

魔幻偵探開始行動

身分：魔幻偵探所創辦人、領頭羊
年齡：120歲
畢業學校：斯塔福德學院（伏魔系）
學位：博士
捉妖經驗：
108年，獲得「捉妖能手」、「怪獸剋星」等稱號
性格：
遇事鎮定、善於思考，生氣時聽到幾句好話氣就消了
最具殺傷力的武器：
顯形粉、綑妖繩、無影鋼鐵牆

身分：
魔幻偵探所成員，南森的得力助手
年齡：13歲
畢業學校：劍橋大學（法術系）
學位：學士
捉妖經驗：1年
性格：
開朗、逢事觀察細緻，吵架時總讓着本傑明
最具殺傷力的武器：
綑妖繩、凝固氣流彈

魔幻偵探開始行動

身分：魔幻偵探所實習生
年齡：11 歲
就讀學校：
牛津大學（捉妖系）
捉妖經驗：3 個月
性格：
聰明淘氣、遇事毛躁
最厲害的戰術：
非常規戰術

身分：魔幻偵探所機械狗
年齡：100 歲
工作能力：
無所不知的電腦資料庫，
善於用百分比分析事物
性格：
異想天開、調皮、懶惰
最喜歡的食物：
潤滑油
最具殺傷力的武器：
追妖導彈

特級裝備

有一句話叫「好偵探全靠裝備」，就是說一個好偵探可不能缺少一些過硬的裝備。你看，福爾摩斯有煙斗，放大鏡！柯南有手錶、麻醉槍！許多名偵探都有屬於自己的特級裝備．現在我們來看看魔幻偵探所的成員們有哪些足以制服魔怪的武器吧，並看看它們的威力！

捆妖繩

能夠對準魔怪迅速旋轉收縮，將它綑緊綁實，繩子一旦落到魔怪身上，就像嵌入肉裏，魔怪越掙脫綁得越緊，當然放繩子時可要放得準才行。

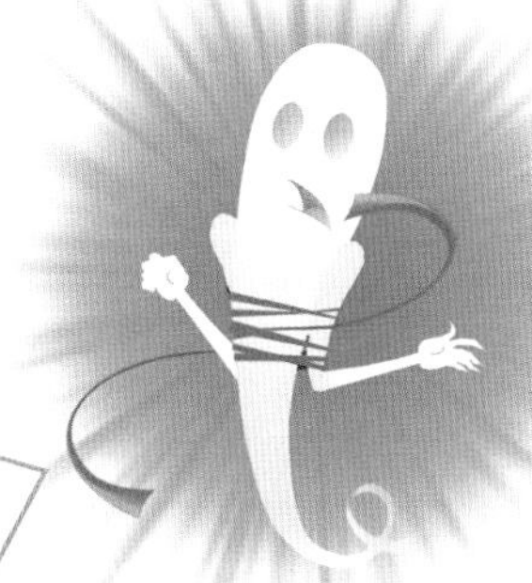

無影鋼鐵牆

這堵牆其實就是氣流，它把氣流變成了無影無形的鋼鐵牆壁，能將敵人困在其中，衝不出去。

顯形粉

這是一種非常神奇的粉末，即使魔怪偽裝、隱形了也完全能顯現出它的原形。對了，它就是「現出原形」的意思！

裝魔瓶

能把魔怪收進裏面，使其在三天內化成清水的寶瓶。嘿！即使魔怪身形再龐大，也能收進瓶內。

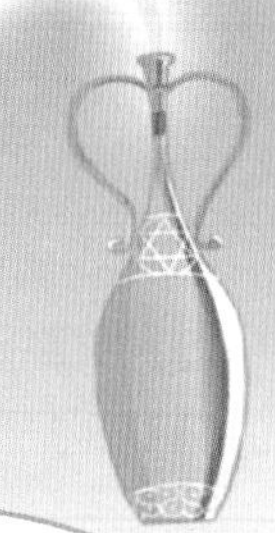

能夠準確測定氣流存在的方位，並及時發出警報的裝置。它能跟蹤、測定魔怪在哪裏。不過，如果魔怪的魔力非常強，幽靈雷達有時候也可能測不到，它的更強大的功能還有待你去改進！

追怪導彈

能夠自動尋找魔怪，進行智能追蹤的導彈，這種導彈威力比較大，一般魔怪根本抵抗不了。

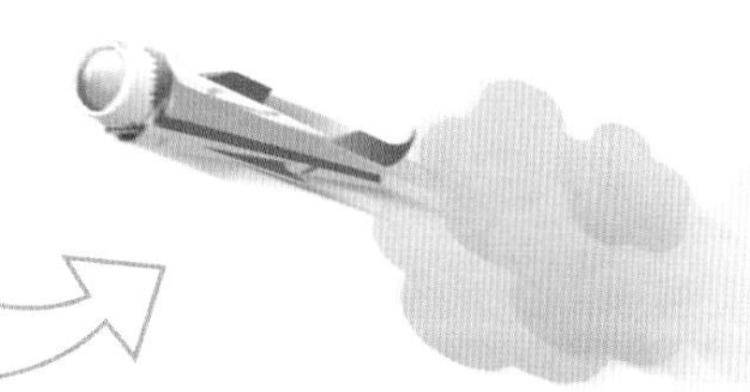

誰在塔中哭泣

目錄

第一章　年輕博士發現幽靈　10

第二章　塔內守候　24

第三章　快速逃逸　35

第四章　德普爾不能參戰　52

第五章　被困威克菲塔　61

第六章　德普爾發射導彈　75

第七章　查找幽靈　87

第八章　小精靈到訪　101

第九章　找到幽靈藏身處　114

第十章　新聞報道　123

第十一章　幽靈被擒　133

尾聲　144

偵探課堂　148

第一章　年輕博士發現幽靈

「……聽着，不要亂動……」海倫手裏捧着一個筆記本，兩眼略帶嚴厲地盯着沙發上的本傑明，「精彩的句子在下面呢……」

「請吧！詩人。」本傑明一臉壞笑地聳聳肩。

「耀眼的陽光穿透冰冷的大地，啊，大地呀大地……」海倫忘情地朗誦着，突然，她頓住了，「穿透大地？本傑明，你看改成越過大地怎麼樣？」

「有什麼區別嗎？」本傑明眨眨眼睛。

「當然有區別。」海倫揮

着手，「這是詩意，詩意你懂嗎？我看你從來就缺乏詩意。」

「也許吧。」本傑明還是一副無所謂的樣子，「隨便你了，穿透或者越過……噢，拜託，快點念完你那偉大的作品，要不是看在昨晚你幫我洗碗的份上，我才不會坐在這裏聽你沒完沒了的嘮叨呢。」

「要不是你肯答應聽我的作品朗誦，誰肯幫你洗碗！」海倫沒好氣地說。

「蓬——」的一聲，門被推開了，保羅興高采烈地衝了進來。

「博士——博士——」保羅一進來就叫起來，「剛才我差點抓到一隻松鼠，那傢伙肥得像隻兔子，不過跑起來很快……嗯？博士呢？」

「在實驗室。」海倫被保羅打斷了，有些不高興，「保羅，你現在改行了？」

「改行？」

「對呀，你不去追貓，改追松鼠了？」

「噢，別這麼說。」保羅笑了起來，「反正我看見這些毛茸茸的傢伙就喜歡追……」

「你們正在談什麼？」南森博士從實驗室走了出來，「剛才誰在叫我？」

「博士，我們正在談海倫新寫的詩呢。」本傑明站了起來。

「海倫新寫的詩？」博士好像很有興趣，「念來聽聽。」

海倫很是不好意思，本傑明則挺直了胸膛。

「耀眼的陽光穿透或者越過冰冷的大地，大地啊大地……」本傑明搶着念道，「大地啊大地……然後是……」本傑明求助般望着海倫，海倫皺着眉，不理他。

「然後呢？」博士問。

「然後……然後……」本傑明望着海倫，海倫因為詩意被破壞，瞪着本傑明，本傑明忽然看到了保羅，「啊，然後保羅進來了。」

「本傑明！」海倫再也忍不住了，「你把我的詩念成什麼樣子了？我可不是這樣寫的！」

正在這時，桌子上的電話響了起來，博士急忙走過去，拿起電話。

「案子來了！」本傑明看着博士，壓低聲音對海倫説，「無論是穿透還是越過，以後再說吧。」

「你確定？」海倫問。

「……什麼？你説什麼？」博士對着話筒大聲地問，「倫敦塔中有幽靈？還有幽靈的哭泣聲……」

本傑明聽到這話，得意地聳聳肩。海倫則是一臉驚訝。

博士繼續講電話，他的臉色陰沉下來，又過了一分鐘，博士放下了電話。兩個小助手已經圍到了他身邊。

「有個案子。剛才那個電話是倫敦警察局的副局長打來的。」博士的語氣比較平靜，「倫敦塔裏有幽靈活動，還有幽靈的哭聲。」

「是嗎？」保羅大聲地問，「那個塔一直都傳説鬧鬼，可是經過一些科學實驗，發現只是裏面陰森的氣氛容易讓人自己嚇自己，而且很多魔法師親自前往，發現裏面沒有任何魔怪反應。」

「這我剛才也説了。」博士説，「可是這次察覺到有幽靈存在的正是一個魔法師，他本來是作為旅遊者去遊玩的，可是卻察覺到了有幽靈反應。」

博士的這句話剛説完，本傑明就張大了嘴巴，不説話

了，他回頭看了看海倫，海倫也顯得非常驚訝。

「這下有好戲看了。」保羅一臉興奮的樣子，「我想倫敦市民早就相信那裏面沒有鬼魂。」

「真正察覺那裏有幽靈的只有魔法師。」博士説道，「警方要求他保密，啊，發現幽靈的地方在倫敦塔核心建築白塔旁的威克菲塔，管理部門會對外宣布這座塔進行維修，遊客絕對不能再進入了。」

「這是必要的保護措施。」保羅説，「那麼，發現幽靈的魔法師……」

「他正在趕來，我們馬上就會得到詳盡彙報了。」

房間裏沉寂下來，大家都似乎各自想着什麼。博士坐到辦公桌前，打開電腦，查詢起來。本傑明和海倫小聲地議論着，保羅也不時地插話，房間裏的氣氛稍微有些緊張。

幾分鐘後，外面響起了停車聲，本傑明馬上走到大門前，打開了大門。他看到一個身材瘦削、相貌英俊的年輕人在一名警官的陪同下下了車，那名警官他認識，是倫敦警察局負責聯繫魔法師聯合會的沃頓警官。

沃頓警官一臉嚴肅，他和本傑明打了招呼，帶着那個年輕人進了房間。

「我先來介紹一下，這位是斯塔福德學院法術研究所的德普爾博士，是他發現倫敦塔裏有幽靈出沒。」沃頓警官沒有過多的寒暄，他看看德普爾，「這位是南森博士，他也是斯塔福德學院畢業的。」

「南森博士，真是幸會。」德普爾連忙伸出手，「在斯塔福德學院我每天都能見到你，當然是你的照片，學院主樓名人牆左數第十七張照片就是你。」

博士對德普爾笑笑，向德普爾介紹了三個小助手。本傑明和海倫都很好奇地打量着這位來訪的博士，要知道想在斯塔福德學院拿到博士學位可不是一件容易的事，令人驚歎的是現在這個房間裏卻有兩名斯塔福德學院的博士。

德普爾和沃頓坐下後，馬上開始介紹事情始末。首先開始介紹的是沃頓，他拿出了一個小本子。

「事情是這樣的，我們最早於五天前接到倫敦塔管理處的報告，説有一名警衛晚上巡查時，經過威克菲塔，聽到裏面有人在哭泣，這名警衛在這裏工作十二年了，從來沒有遇到過這樣的事，於是他走進塔裏查看，他看到了

一個白色的影子一閃就不見了，這可把他嚇壞了。」沃頓平靜地説道，「警方當時是這樣處理的，讓管理處加強巡查人數和次數，我們懷疑是這名警衛出現了錯覺，儘管倫敦塔裏的警衛從來就不相信塔裏鬧鬼的傳言，但是難免會受到一些影響，這種事其實以前發生過，後來也就沒事了。」

大家都靜靜地聽着沃頓的話，沒有誰插話。

「那天發生了這件事後，一切似乎恢復了平靜。」沃頓稍稍放緩了語速，「不過兩天前的傍晚又有一名警衛在威克菲塔旁聽到有人在哭泣，當時倫敦塔剛關門不久，那個警衛以為裏面有遊客沒出來，馬上衝了進去，不過裏面並沒有遊客，他卻看到一個影子一閃就不見了，他也被嚇壞了。這件事發生後，我們開始關注，不過還沒有等我們展開偵查，德普爾先生昨晚就察覺到威克菲塔裏有一個幽靈向警方報告……接下來請他介紹一下吧。」

沃頓看了看德普爾，德普爾點點頭，隨後環視大家。

「我不是警方派去的。」德普爾解釋道，「我這次來倫敦是參加魔法師聯合會舉辦的一個研討會，昨天下午會議結束後，我經過倫敦塔。説實在的，我以前多次來過倫敦，從來沒有去過那裏，因此儘管當時快關門了，我還是買票進了倫敦塔，我進入威克菲塔的時候天基本黑了，威克菲塔沒什麼好看的，裏面展示了一些古代的盔甲，我正要走出來，突然聽到有人在我耳邊哭泣，那是一個幽靈的哭泣聲……」

「你當場就確定那是一個幽靈嗎？」本傑明急忙問。

「完全確定，當時我的身邊完全是一個幽靈場。」德普爾說出了一個魔法專業術語，「你們一定知道，有幽靈的地方才有幽靈場，我身邊的空氣恒定在零度，上下誤差不到一度，幽靈場的範圍長寬不超過三米。我感知到那個幽靈就在我腦後半米的地方，不管怎樣，我想當場抓住他，我可是個反應敏捷的魔法師……」

「你出手了？」本傑明又問。

「當然，我念了一句定身口訣，想束縛住幽靈，隨後轉身出拳，可是那傢伙很狡猾，他看出了我的法力巨大，驚叫一聲逃跑了，驚叫聲有一千兆赫，甚高頻，那是幽靈驚呼時發出的標準頻率，人類都聽不到，可我是個傑出的魔法師……」

本傑明用羨慕的眼光看着德普爾，他不愧為博士，一切的分析都有強大的資料支持，自己也想記住這些數值，但是總是記不住。

「沒有抓住那個傢伙，我馬上聯繫了警方，還把這件事通知了魔法師聯合會。」德普爾繼續說，「威克菲塔絕對不能再有遊客進入了，我是個法力無邊的魔法師，不會受到任何傷害，但一般遊客一定性命難保。」

「對，威克菲塔已經在今天上午封閉了。」沃頓接過話，他看看博士，「剛才我們的副局長應該和你說了，魔法師聯合會將於明早正式派人以遊客的身份進入倫敦塔，他們將在開放時段在各塔巡邏，嚴防幽靈傷人。至於你的任務，警方想請你接手這個案子，那幽靈兩次都在夜間關門前後出現，我們請你務必抓住那個傢伙！」

「很榮幸你們這樣信任我，」博士回答道，「我一定全力以赴。」

聽到博士這樣說，本傑明和海倫對視一下，雙雙點點頭，他倆都有些興奮。保羅也搖頭晃腦，很高興又有事情要做了。

「南森博士，」德普爾說，「我已經和警方商量過，同時也向學院報告了，我不再繼續參加會議，我想和你們一起進行這次抓捕幽靈的行動，有了我的加入會更快抓住幽靈的，這裏只有我和他進行過直接的交戰。」

「你也要參加？」博士稍微愣了一下，隨即點點頭，「這樣也好，多一個人多一份力量。很好，歡迎你的加入。」

「哈哈，這下只要我們一去，馬上就能抓住那個傢伙。」本傑明看着德普爾，興奮地揮着手，「這次可能是我們破獲的最簡單的案子了，兩個博士去抓一個幽靈，哈哈……」

「別想得那麼簡單，本傑明。」海倫看了一眼有些忘乎所以的本傑明，「幽靈都是很狡猾的，你又不是第一次破案。」

不知怎麼，海倫不是太喜歡德普爾，她覺得這個人誇誇其談，總是説自己多麼厲害，海倫認為南森博士才是真正法力高超的魔法師，而且非常謙遜。

這時，博士已經和德普爾談起具體的方案，德普爾眉飛色舞，一直是他在講話，博士在一邊聽。德普爾和沃頓帶來一張倫敦塔的全貌圖和威克菲塔的結構圖，沃頓説這兩張圖要留給博士研究。

「我想今晚就可以行動了。」保羅對海倫和本傑明說道，「倫敦塔離這裏不遠，我們開車過去一會兒就到，那傢伙一出來就抓住他，連晚上九點的卡通片都能趕回來看呢。」

「保羅，你也認為那個德普爾……」海倫說這話的時候把聲音壓得很低，還往德普爾那邊看了看，「他一出面就能輕易抓住那個幽靈？」

「那當然，他是個博士呀……」保羅說着突然愣住了，「咦？我最新檢測的結果是這次捉妖行動不那麼順利……，首次捕獲幽靈的概率在10%以下，怎麼回事呢？」

「保羅，你這套系統多長時間沒升級了？」本傑明摸摸保羅的頭，隨後看看海倫，「海倫，你怎麼懷疑這懷疑那的，你們唸劍橋的是不是其他學校的都看不起，只有你們學校的博士才是優秀的？」

「喂，本傑明，你怎麼會這樣想！」海倫頓時不高興了，「我只是進行判斷，再說博士也是斯塔福德學院的，你該知道我最佩服的人就是博士了！你這牛津學生太喜歡亂猜了！」

「我才沒有，是你亂猜測罷了！」本傑明一聽到牛津遭到攻擊，頓時跳了起來，「你們劍橋的從來就小心眼，從來就是……」

「你們牛津的才是這樣……」海倫不甘示弱，聲音也提高了。

「哇，又來了！」保羅連忙捂住耳朵，趴在地上，「饒了我吧……」

「我說，你們兩個吵什麼呢？」博士看到兩個小助手吵了起來，中止了和德普爾的談話，「這裏還有客人呢……」

「噢，真是對不起。」海倫看看兩個客人，抱歉地笑了笑，本傑明也跟着笑了笑。

「嗯？」保羅看到爭吵結束了，對着德普爾和沃頓搖搖尾巴，「真希望你們永遠在這裏。」

「哈——」的一聲，在場的人都大笑起來，海倫和本傑明也跟着不好意思地笑起來。

「那麼……」海倫等笑聲停下後，看着博士，「商量得怎麼樣？我想我們今晚就要行動了吧？」

「正是這樣，」博士點點頭，「今晚我們和德普爾先生一起去倫敦塔，我想有了德普爾先生的幫助，很快就能抓到那個幽靈的。」

第二章　塔內守候

德普爾和沃頓談了一會便起身告辭了，他們約定晚上五點半在倫敦塔管理處匯合。六點是倫敦塔的關門時間，到時候魔法師聯合會的人撤到周邊，博士他們進入威克菲塔的周邊地區，對該塔形成合圍之勢，一旦探測出幽靈反應，立即入塔抓捕。

德普爾他們走後，博士開始看德普爾和沃頓帶來的兩張圖，他在倫敦塔全貌圖上標示出威克菲塔的位置，然後仔細地看着地圖上的威克菲塔。

「博士，」海倫走過去，小聲地問，「剛才你和德普爾先生討論了什麼？」

「具體的抓捕計劃，一會兒我會和你們説的。」博士抬頭看了看海倫，「還有就是我比較關注那是一個什麼樣的幽靈，德普爾幾乎沒有看到他的具體模樣，只能判斷那是一個遊走幽靈。」

「遊走幽靈嗎？」本傑明説，「我還以為倫敦塔傳説中的幾個鬼怪真的出現了呢！」

「傳説中的鬼怪？」保羅問，「哪幾個？是那兩個被秘密處死的小王子？據説有人看見他們的鬼魂穿着睡衣手拉手在倫敦塔裏行走。」

「不只是他們兩個，還有那個被砍掉腦袋的女伯爵，聽説有人看見無頭的她在塔裏亂跑。」本傑明説，「倫敦塔裏處死過很多人，鬼魂故事當然也特別多。」

「根據德普爾的判斷，那是一個遊走幽靈。」博士對本傑明説，「這當然不是最重要的，無論是何種幽靈魔怪，我們都要抓住他。」

「那個德普爾……」海倫插話道，「我覺得他有些……」

「有什麼問題嗎？」博士看看欲言又止的海倫。

「沒什麼，」海倫搖搖頭，「沒什麼……我希望能很好地和他合作。」

「這不會有問題的。」博士輕鬆地説，「噢，你們坐過來，我來部署一下，今晚如果那個傢伙出來，我和德普爾會進去，你們在塔外，如果幽靈衝出來，你們負責攔截……」

博士進行了一番部署。在他和德普爾的設想下，這次抓捕行動其實是比較簡單的，無非就是包圍威克菲塔，偵測到幽靈反應後進塔抓捕。為了防止萬一，塔外再預設一道防線當然也是必要的。

海倫、本傑明和保羅負責週邊的防線，他們很快明白了自己的職責，也在地圖上找到了自己的戰鬥位置。不過海倫始終有個問題，她看了看博士。

「博士，你説那個傢伙還會來嗎？他撞見了德普爾，還差點被德普爾抓住，尤其是他是一個遊走幽靈，可能不會來了。」

「這確實是個問題。」博士點點頭，「我希望他來，這樣就能抓住他，無論如何不能讓這樣的傢伙遊蕩在倫敦塔裏，這會對遊客構成很大危險。」

「你想他會來嗎？」本傑明有些着急地問。

「三次出現在威克菲塔，我想他的出現一定有某種目的，儘管遇到魔法師，但是他再次出現的可能性還是很大的。」

晚上五點，博士開車帶着幾個小助手前往倫敦塔。對於這座昔日的王宮、今日著名的旅遊景點，博士不算陌生，他來這裏遊玩過，對於裏面種種鬧鬼的傳說，他並不相信。因為事情經常是這樣，越是被傳得有板有眼的鬼怪傳說，最後越是被證明是子虛烏有，而那些真正的魔怪，都是在意想不到的情況下出現。

不到半個小時，汽車就開到了倫敦塔。此時已經身着便衣的沃頓警官就等在倫敦塔旁的停車場，博士他們下了車，跟着沃頓警官從一個不起眼的側門不動聲色地進入倫敦塔裏。

大家來到了倫敦塔的管理處，博士他們被請進了一個房間，此時距離倫敦塔關門時間還有二十分鐘，沃頓安排好博士，就出去了，他也要守在這裏，一旦抓獲幽靈，警方還要安排威克菲塔重新開放。博士他們進入的房間不是很大，從這個房間向北的窗戶可以看到倫敦塔裏面的情況，向南則可以看到外面的情況。

「海倫，你來看。」本傑明一來就趴在南邊的窗戶旁，向下面張望着，下方正好是倫敦塔進出的大門，由於接近關門時間了，遊客們都在向外走去。

本傑明和海倫趴在窗邊，保羅也走過來湊熱鬧。他們看到了身穿古代守衛制服的警衛，這些警衛都戴着高高的黑色熊皮帽，有幾個遊客臨走還不忘對着他們拍照。

「你們來看。」博士在北窗對幾個小助手招招手。

幾個小助手連忙擁到了北窗。博士指着不遠處的中心白塔旁的一座塔樓，儘管此時天色已晚，但完全能看清那

座塔樓。

「那就是威克菲塔，我們一會兒要隱蔽在白塔裏，如果發現目標，我會和德普爾進塔，你們守在外面。」博士指着威克菲塔説道。

不遠處的威克菲塔在暮色中安靜地矗立着，這座塔已經關閉，現在在白塔裏監視它的是魔法師聯合會的人。

「嗨，大家好。」門被推開了，只見德普爾滿面春風地走進來，「戰鬥就要開始了，你們準備好了嗎？」

「嗨，你好。」海倫和本傑明連忙打招呼。

「怎麼樣，小傢伙們，緊不緊張呀？」德普爾笑着問。

「一點也不緊張。」本傑明説，「這不是我們第一次抓魔怪了。對了，你這是第幾次破案，我看你一定破過不少案子吧？」

「嗯……你眼光不錯。」德普爾笑了起來，看上去很是得意。

正在這時，樓下傳來一陣口令聲，大家知道倫敦塔的關閉時間到了，於是一起擁到窗邊，看着下面。

只見兩名警衛關閉了倫敦塔的最外面的大門，隨後走過通道，關閉了內城的大門。在內城裏，有一隊警衛嚴肅地站立着，當內城大門被關閉後，一名持劍警衛出列，向關閉城門的人敬禮。關閉城門的人則舉起自己那都鐸王朝時期的高帽子。

「上帝保佑伊莉莎白女王！」那人舉着帽子高喊。

一切都像是計算好了一樣，他的話音剛落，倫敦塔的鐘聲開始報時，報時聲剛剛結束，一名號手吹響了嘹亮悠長的號聲，號聲直穿黑色的夜幕，迴盪在黑夜倫敦的上空。

「好了，時間差不多了。」博士看到關門儀式結束，把頭轉向德普爾，「德普爾先生，我們現在走嗎？」

「對，」德普爾點點頭，「跟我來吧。」

德普爾白天的時候已經在這裏熟悉了倫敦塔的地形，他帶着大家來到樓下，不到一分鐘就來到了倫敦塔的核心建築白塔，在一扇小門前，德普爾直接拉開了門，他們進入了白塔。

德普爾帶着大家進了一個房間，裏面有兩個魔法師聯合會的魔法師，他們負責在白天監視威克菲塔。兩個魔法師也認識博士，和博士進行了簡單的交接後走了。

「對面那個塔就是威克菲塔。」德普爾走到窗邊，微微拉開窗簾，指着二十多米外的威克菲塔説。

威克菲塔依然靜靜地矗立在那裏，好像什麼事都沒有發生過一樣。

博士向那座塔張望了一下，隨後拿起窗台上的一個警報器，這個警報器不大，是類似於幽靈雷達一樣的儀器，

無論倫敦塔哪裏出現幽靈，這個警報器都能立即發出警報。

「保羅，注意警戒。」博士不忘提醒保羅一句。

「放心吧，」保羅搖頭晃腦地說，「剛來的時候就打開了魔怪預警系統。」

「很好。」博士點點頭。

「真希望他早點出來。」德普爾看看手錶，「我已經預約好了院刊的記者，這次擒拿幽靈的過程將出現在下一期的院刊上，這也算是我這次來倫敦參加會議的一個小小的收穫。」

「噢，這麼說我也要出現在你們的院刊上了？」本傑明有些興奮地說，「我知道斯塔福德學院的院刊是一份學術性很強的刊物，博士一直都有訂閱。」

「南森博士在上面發表的論文我看到過。」德普爾眉毛一揚，「我最近也在上面發表了一篇論文，一共有十七頁，這是我今年在上面發表的第三篇學術論文。論文的題目是《試析隱性攻擊口訣在實際使用中的難點及技巧論述》，這篇論文的發表，完全解決了隱性攻擊口訣實際使用中的重重不便，因此我得到了多所大學的邀請，可是我的時間有限……」

本傑明聽得很認真，不住地點着頭。他被德普爾的成就震撼了，本傑明從來沒有想過自己會完成一篇有價值的論文，他在學校的作業經常都是東抄抄西抄抄的。他一直對背誦那些魔藥魔法的種類、效應、數值之類的東西感到頭痛。

外面，天已經完全黑了下來，倫敦塔裏只有昏暗的燈光。突然，有兩個影子從窗外閃過。

「小聲點。」守在窗邊的海倫立即發出了警報，她一直通過窗簾的一角觀察着威克菲塔。

博士連忙湊上去，德普爾和本傑明也有些緊張地走了過來，海倫指指外面。博士向外望去，看到有兩個警衞邊説話邊走過。

「是警衞。」博士回頭看看海倫。

「嗨，是警衞呀。」德普爾好像鬆了一口氣，「我之前和他們説了，晚上不要到處亂走，這裏有我們負責……」

「海倫，你看清楚才喊，我正在聽德普爾先生説話呢。」本傑明在海倫的身後拍了一下，「不要弄得那麼緊張好嗎？」

海倫回過頭想打本傑明，不過她正好看到保羅——滿臉異樣的保羅。

「他……我想他來了。」保羅小聲地說，「三秒鐘前，進入了威克菲塔裏，從外面一下就飛進去了。」

海倫和本傑明立即緊張起來，海倫看了一眼窗台，那台儀器的警示燈已經閃動起來，指針直直地指向了外面的威克菲塔。

「按計劃行動。」博士連忙一揮手，「我和德普爾進去，你們守在周邊。保羅，要是他突破周邊就用導彈攻擊，堅決把他消滅！」

「是！」三個小助手一起回答。

博士走向大門，他忽然看到德普爾還愣在原地，連忙拉了一把德普爾。

「走呀。」

「啊，走！」德普爾先是一愣，隨後跟着博士向外走去。

第三章　快速逃逸

大家從白塔的一個小門走了出來，博士做了一個手勢，手持幽靈雷達的本傑明和海倫立即俯身繞到威克菲塔側面，隨後各自蹲下，兩人相距十米。保羅跟在本傑明身後，它後背的導彈發射器已經打開。無論是保羅的預警系統還是本傑明他們的幽靈雷達，都鎖定了威克菲塔裏的幽靈。

博士和德普爾一前一後地來到威克菲塔下，威克菲塔的門緊閉着。

「嗚嗚嗚嗚——」威克菲塔裏傳來一陣哭泣聲，那聲音聽不出是男人的哭聲還是女人的哭聲，聲音很怪，但明顯是哭泣聲。

博士對德普爾做了一個穿牆的動作，德普爾僵硬地點點頭。

「擋不住我的心也擋不住我的形。」博士默念口訣，隨後穿越進入到塔內。

德普爾也跟了進來，進來後，那哭聲更加清晰了。哭聲是從二樓上發出的，博士輕聲上了樓梯，德普爾連忙跟在他的身後。

通向二樓的樓梯不長，博士躡手躡腳地來到二樓，根據結構圖和德普爾的描述，二樓是個敞開的展廳，展廳面積不算大，裏面有幾個豎立的展架，展示一些古代的鎧甲。博士靠在門旁，把頭慢慢探出去看裏面的情況。

慘白的月色透過窗戶射進展廳，被豎立起來擺放的鎧甲似乎像古代武士復活了一樣，威嚴地站在那裏。月光照射在鎧甲上，使每具鎧甲都散射出炫目的白光。

哭聲很清晰，令人生厭又感到毛骨悚然的哭聲越過那幾具鎧甲，穿透過來。

「啪——」的一聲，博士一驚，因為聲音是從他的身後傳來的，博士回頭一看，是德普爾沒有站住，他的手扶在地上。博士連忙把他拉起來，隨後將身體緊貼在牆壁上。

哭聲突然停止了，一切都像是死一般的寂靜。博士的心跳也不免加速，他感覺到身旁的德普爾在微微發抖。

「嗚嗚嗚嗚——」過了不到半分鐘，哭聲再次傳來。

博士又把頭探出去，這次他看清楚了，在一具鎧甲的後面，微微射出白色的螢光，螢光中還隱約閃出淡綠色的光，這種光亮絕對不是月光照射的，這種光亮是博士所熟悉的，那是幽靈在夜間發出的特有光亮。

鎖定了目標，博士回頭看看德普爾，隨後向裏面一指，德普爾立即點點頭。博士做了個深呼吸，隨後飛身衝進了展廳。

博士剛衝進去，只見一股白色的氣團帶着一股邪風迎面擊來，博士連忙閃身，只聽「啊」的一聲，跟着衝上來的德普爾被氣團擊中，橫着飛了出去。

「凝固氣流彈——」博士高喊一聲，向着氣團飛來的方向射過去一枚氣流彈。

「噹——」，氣流彈被彈開，緊接着，一個幽靈閃身而出，他基本上呈現出人形，披着長髮，整個身體像是被霧氣籠罩，他猙獰的面孔露出兩顆長長的獠牙，幽靈已經不再哭泣，而是發出低沉的怒吼撲向博士。

白色的幽靈揮手就砍向博士，博士根本沒有躲避的意思，他正好要試試幽靈的力氣，舉手正面迎擊，只聽到「噹」的一聲，幽靈向後退了三步，差點摔倒，博士也向

後退了兩步，不過馬上站穩，隨即向幽靈撲去。

幽靈知道了博士的厲害，他閃身躲過博士的一擊，隨後舉起雙拳砸向博士，博士單掌迎擊，幽靈被彈開，摔倒在地。博士衝上前去，倒地的幽靈一張嘴，「呼」的一股火燄噴向了博士，博士一閃身，火燄飛出了窗外。

幽靈知道博士很厲害，而且似乎察覺到自己被包圍了，連忙向大門方向衝去，這時德普爾已經搖晃着站了起來。

「德普爾，攔住他——」博士急忙大喊。

「啊？」德普爾看見幽靈衝來，愣在了那裏。

幽靈沒有理會德普爾，飛身衝向牆壁，博士看出他是想穿牆而出，連忙一揮手。

「防穿鋼鐵牆——」

隨着博士的口訣，一道防止穿透的鋼鐵牆轉瞬間出現在幽靈面前，他「噹」的一聲撞在牆上，發出一聲慘叫，身體被反彈回來，摔倒在地。

博士看他還想起身，立即飛身撲去，一拳砸了下去，幽靈感覺到身後的風聲，就勢一閃，博士的拳頭重重地砸中了地面。這時幽靈的爪子掃了過來，長長的指尖對準了博士的咽喉，博士連忙一躲，幽靈的指尖掃中了他的肩膀，幾滴鮮血頓時被帶了出來，飛濺到牆壁上。

「哼——」博士眉頭一皺，大喊一聲，抬腿踢向幽靈，幽靈急於制博士於死地，身體完全探了過來，博士一腳正好踢在幽靈的身上。

幽靈當即飛了出去，他遭到了沉重的打擊。他還想起身，但是博士已飛身過去，一拳砸在他的背上，幽靈頓時被砸倒在地，開始在地上抽搐，他嘴裏發出一些誰也聽不懂、類似於咒罵的聲音。這傢伙似乎失去了反抗能力。

博士慢慢站了起來，他摸了摸肩上的傷，發現只是輕傷，微微有點疼。

「啊，你受傷了？」德普爾湊了上來。

「你剛才為什麼發愣？」博士不高興地問。

「我……我在正面測試幽靈飛躍的初速度，你知道這對研究破解幽靈攻擊是非常重要的……」

「好了好了，先不說這些了……」

「你受傷了，去處理傷口吧。」德普爾說，他一腳踩在幽靈的後背上，「我來看着他。」

「那你看好他。」博士看看在地上抽搐的幽靈，隨後又摸了摸肩膀上的傷口，他走到一扇窗旁，推開了窗，把身子探出窗外，「海倫——本傑明——保羅——都上來吧——」

「好的——」海倫第一個從一處陰影裏站了出來，她很興奮，「抓到了？」

「抓到了。」博士喊道。

海倫、本傑明和保羅一起向這邊走來。博士看了看押着幽靈的德普爾，他走到一邊，從口袋裏掏出來一瓶急救水，此時他的傷口越來越疼了，他知道幽靈的指尖一般都有毒，傷口如果不儘快處理，還是有很大危險的。

博士把急救水往傷口上灑，樓下，海倫他們說笑着上樓梯的聲音已經傳來。德普爾神氣活現地用一條腿踩在幽靈的後背上，看上去他又要對本傑明大談剛才的戰鬥過程了。

就在這時，幽靈本來已經不再抽搐的身子一動，他突然伸手，重重地擊中了德普爾另外一條腿的腳踝，德普爾冷不防地被偷襲，怪叫一聲被擊倒在地。

幽靈起身衝向牆壁，博士這時還在處理傷口，幽靈的頭已經快要觸碰到牆壁，念口訣阻止已經來不及了，他用

盡力氣將手中的急救水瓶子砸向幽靈，急救水瓶子重重地命中了幽靈的腰部，而且深深地嵌入。幽靈痛苦地吼叫一聲，不過他的身體已經穿出了牆壁，慘叫聲也傳向了威克菲塔外那漆黑的夜空。

「博士，怎麼了？」海倫第一個走進展廳，聽到慘叫聲，連忙問道。

博士沒有回答她，幾個小助手看到博士的身體穿出了牆壁，德普爾則傻傻地跌坐在展廳裏。

「快——」海倫大驚失色，知道有事情發生，她對本傑明和保羅揮揮手，連忙穿出牆壁。

本傑明和保羅跟了上去，他們落地後並沒有發現博士，只聽到遠處似乎有一句喊聲，但是聽得不是很清晰，正在這時，博士從附近慢慢地走了過來。

「博士，怎麼樣了？」海倫他們連忙迎上去，她看到博士肩膀上的傷口，「啊，你受傷了？」

「沒事，塗了急救水。」博士説着向威克菲塔裏走去，一邊走一邊喃喃地説，「真是沒想到……」

海倫看出博士臉色很不好，就沒有再急着問下去。博士來到二樓，一進展廳，德普爾就迎了上來。

「抓到了嗎？」

「沒有。」

「怎麼沒抓到呢？」德普爾急了，「他跑了，不會再抓到他了……」

「你為什麼沒有看牢他？」博士這次不客氣地打斷了德普爾，「我以為你看住了那個傢伙，才叫海倫他們上來的，否則他們守在周邊，幽靈根本逃不掉，他受了很重的傷！」

「我……」德普爾眨眨眼睛，「我……我以為他沒有反抗能力了，我已大概估量了他的活動數值，他剛才的魔力動態指標在AF45以下，靜態指標在RF30以下……」

「指標指標，指標是可以變化的！」博士又打斷了德普爾，「他又不是人類，他是一個幽靈！」

「那……」德普爾聳了聳肩。

「德普爾先生，你參加過捕捉幽靈的工作嗎？」博士問道。

「當然參加過，我參加過。」德普爾像是被觸碰到神經，差點跳起來。

「我對你這次的表現……」博士停頓了一下，「很失

望。」

「這不能怪我，我測定數值了，我以為他已沒有攻擊能力……」德普爾又解釋起來。

「好了，我們離開這裏。」博士擺擺手，「德普爾先生，你去通知沃頓，這次抓捕失敗，威克菲塔絕對不能開放，白天的時候要魔法師們加強巡邏，不過……他白天應該不會來的……」

「嗯，我去通知。」德普爾連忙說，「那你們……」

「我們先回去，電話聯繫。」博士冷淡地說。

「噢，看看你，我也不想這樣的——」德普爾當然察覺到博士的態度，他又開始了解釋。

博士沒有再理會他，帶着幾個小助手離開了倫敦塔。

一路上博士都沒有説話，他發動汽車後，把剛才的事情原原本本地告訴了幾個小助手。

「對吧，我一直覺得他誇誇其談，張口閉口就説自己有多厲害，博士在魔法界聞名世界，可從來不這樣誇耀自己。」海倫剛聽完博士的話，就叫起來，「本傑明，他也就是騙一騙你而已，你則當他的忠實聽眾。」

「怎麼會這樣？」本傑明有些垂頭喪氣，這次他沒跟

海倫爭辯，「他到底是一個博士呀，還是斯塔福德學院的博士，表現怎麼這麼差？」

「只有一些理論上的知識，缺乏實際經驗。」博士邊開車邊説，「我現在還在懷疑，他是否真的參加過對幽靈魔怪的抓捕。」

「哼，他就會吹水。」海倫撅着嘴説。

「博士，現在幽靈跑了，這可怎麼辦呢？」本傑明問道，「我們到哪裏去找他？」

「回去再説。」博士平靜地説。

汽車很快就開到了貝克街。大家下了車，海倫和本傑明都有些沮喪地走着，只有保羅還是那一副無所謂的樣子。

博士回到偵探所後，換了一身衣服，他肩膀上的傷口在急救水的效力下迅速癒合。博士坐在沙發上，幾個小助手圍在他的身邊。

「我知道你們想問什麼。」博士環視着大家，隨後看着本傑明，「放心吧，這個傢伙不會遠走高飛的，你們大概沒有聽到他臨走時説的話。」

「他説什麼了？」本傑明馬上問。

「『等着，我一定在威克菲塔裏殺死你』！」博士說，「這是他的原話，那聲音很尖，有些怪。我想我激起了他的報復心，我把急救水瓶子砸進了他的腰部，他受了重傷，當然，這沒有妨礙他利用幽靈特有的『快速逃逸術』跑掉，他喊出這句話的時候已經跑遠了，他的逃逸速度超過了音速。」

「噢，原來是這樣。」海倫恍然大悟，「我確實聽到了一些聲音，但是沒有聽清說的是什麼。這……算不算挑釁？」

「可以這樣認為。」博士點點頭。

「嗯，明白了。」海倫看着博士說，「博士你和他正面接觸過，他是怎樣一個幽靈？」

「遊走幽靈。」博士說道，「這點德普爾說對了，這個幽靈法力不低，不過確實不用擔心他白天會傷害遊客，這種幽靈怕光，白天是不出來的。」

「博士，他說要在威克菲塔裏殺死你，口氣很大呀。」保羅插了句話，「我想他一定不知道遇到的是誰。」

「這就是一種挑戰，地點他選擇了威克菲塔，因為

他也不知道我們住在哪裏，時間嘛，只能是晚上。」博士分析道，他看看保羅，「幽靈魔怪的報復心極強，先是被我抓到，最後還被我擊傷，要是他不準備報復，那倒奇怪了。至於我的法力是否高超，是阻擋不了這種報復心的。」

「那我們明天再去，這傢伙一定會來的。」本傑明興奮地揮揮拳頭，「我們給他這個機會，就怕他不來了呢！」

「對，我看他往哪裏跑。」保羅也興奮起來，「他一定打不過博士，要是再逃跑，我的導彈一定能追上他，看看到底是我的導彈快還是他的超音速快！」

「明天他不一定來。」博士說。

「為什麼？」三個小助手一起問。

「他受了傷。」博士眉毛一揚，「需要療傷，傷好了以後他一定會來，他要履行他的承諾。」

「那就等着他。」海倫的語氣很堅定，「來一場決鬥，我們可不怕他。」

「對！」本傑明跟着說，他看看海倫，「海倫，你說的『我們』，這裏面不包括德普爾吧？他也被委派參與這次行動。」

「當然不包括他。」海倫說，「這個人他只會誇誇其談。」

「他要是還想參加，我會叫他旁觀的。」博士說道，「也可以做一些輔助工作，但是絕對不能委以重任了。」

「嗯，應該這樣。」本傑明點點頭，「那我們明晚再去。」

「明晚去，天天去，直到遇上他為止。」

這個遊走幽靈為什麼要躲進威克菲塔裏哭泣呢？

「博士，這個遊走幽靈為什麼要躲進威克菲塔裏哭泣呢？」海倫問道，這個問題她早就想問了。

「還不清楚。」博士輕輕搖搖頭，「如果能抓到活的，應該能問出來。現在只能判斷他是遊走到那裏的，他是從哪裏來的也是一個問題，肯定不是倫敦的，魔法師聯合會最近剛對全市進行了探查，倫敦市區沒有發現任何常駐魔怪以及任何魔怪的痕跡。」

「不管這麼多了。」本傑明急切地說，「等抓到他就全知道了。」

「要是被我的導彈攻擊，我可不保證呀。」保羅提高聲音強調。

這個晚上就這樣過去了，大家很快就上牀休息。聽了博士的分析，海倫他們寬心了很多，因為他們很擔心這幽靈就此消失。

第四章　德普爾不能參戰

第二天一早，德普爾就打來電話，他還是那樣誇誇其談，沒有一絲歉意。他打來電話就是問博士還有什麼打算，博士把幽靈逃走時説的話告訴他了，同時告訴他晚上要繼續行動。德普爾聽説幽靈還會來，興奮起來，看起來他昨晚判斷幽靈再也不會來了。

德普爾積極要求一起參加晚上的行動，博士沒多説什麼，表示了同意，德普爾滿意地掛上電話。

這個上午，魔幻偵探所忙碌起來，博士和本傑明一直在查找資料，根據昨晚交戰時的情況，博士對幽靈有了直觀的接觸，他想找到幽靈出現過的資訊。海倫將保羅的除妖導彈擦拭了三遍，檢測了一遍自己和本傑明的幽靈雷達，確認它們處於最佳狀態。

對幽靈的探查沒有什麼結果，不過各種資料確認，被擊傷的幽靈魔怪是有仇必報的，也就是説那個下了戰書的幽靈一定會來。

下午，博士安排大家的任務就是休息，以便為晚上的戰鬥儲備體力。小助手們都聽從了命令，博士自己也去休息了。

晚上，他們提前半個小時來到了倫敦塔，這次他們直接來到了能觀測威克菲塔的白塔的房間裏，德普爾已經等在那裏了。見到博士他們，他滿臉笑容，聲稱自己一開始判斷出幽靈還會回來，因為從理論上講受了重傷的幽靈一定會進行報復。

「你怎麼知道他受了重傷？」本傑明冷冷地説，「博士和他搏鬥的時候你在一邊發愣，他喊的那句話你也沒聽見，事實上你並沒有追出去啊。」

「嗯！」德普爾一愣，不自然地笑了笑。

「本傑明。」博士拉了拉本傑明。

本傑明還想説什麼，但是被博士一拉，不再説話了。

「我來布置一下。」博士説着走到窗邊，指着威克菲塔旁的草地，「海倫，你和保羅佔據那兩個地方，注意，雷達要一直鎖定幽靈。」

「好的。」海倫和保羅一起説。

「老夥計，如果發現幽靈逃逸，用射速最快的導彈攻擊。」博士叮囑道，「注意補射一枚。」

「放心吧。」

「本傑明，你和我進塔，你跟在我後面。」博士看看本傑明，「如果交手，你立即繞到幽靈側面或身後，我們夾擊他。」

「是！」本傑明像一個軍人那樣回答。

「好了，希望他今晚會來。」博士布置完畢，對大家握握拳。

「嗨，南森博士。」德普爾在一邊着急了，「還有我呢，我做什麼？」

「你可以留在這個房間觀察。」博士說。

「那怎麼行？」德普爾立即叫了起來，「我是被賦予參加行動使命的，我要親自參加抓捕，否則今後我怎麼接受採訪？說我在一邊看熱鬧嗎？」

「德普爾先生，」博士擺擺手，「恕我直言，我對你的表現……不是很滿意，我想我和幾個助手就能完成抓捕任務了。」

「不行，絕對不行，我一定要參加！」德普爾把頭搖得像一個撥浪鼓，「我的論文怎麼寫？這事關乎我今後的晉升……」

「你要是一定要參加，可以在威克菲塔的週邊給你找一個位置。」博士用手指指窗外，「你可以在海倫身邊十幾米的地方選一個位置……」

「我想你沒聽懂我的意思。」德普爾不客氣地打斷博士，他瞪着博士，「我要參加抓捕，也就是說我要進塔裏去，明白嗎？我要進塔……」

「我想把我的意思説明一下。」博士也毫不客氣，回瞪着德普爾，「我和我的團隊有着多年的配合，我們大家之間有默契。根據你的表現，我認為你會干擾這種配合，你要是不同意，可以向聯合會申訴，明白嗎？」

「申訴？來得及嗎？馬上要進行戰鬥了……」德普爾叫道，「我認為你有意把我排除在外，我……」

「是這個意思。」博士直率地説，「一切都為了抓到那個幽靈，他對遊客和市民是個潛在的威脅，這種威脅必須清除，清除活動不能受到任何干擾，我不再多説了。」

説完，博士直盯盯地望着德普爾，幾個小助手也都不那麼友好地看着德普爾。

德普爾本來想説什麼，但是話到了嘴邊，又收了回去。他看着博士，隨後聳聳肩。

「那就這樣吧。」德普爾有些自我解嘲地説，「我沒想到在和一個非常固執的人打交道。好的，我就站在海倫身邊，我去做周邊工作，這下你該滿意了。」

博士沒有理會德普爾，他微微點點頭，隨後看着窗外。

「警方有什麼建議嗎？聯合會方面呢？」

「沒什麼建議。」德普爾沒好氣地説，「聯合會加派了人手，剩下就看你的了，南森博士。」

「很好，我們今晚就在這裏等着他來。」博士説完看看幾個小助手，「再次檢測儀器。」

海倫他們立即開始檢測儀器，就在這時，大門口那裏傳來警衛閉門儀式的聲音，隨後號聲響起，博士他們值守的時間到了。

閉門後的倫敦塔一片孤寂，有微風在塔內飄盪，但是連地面上的青草似乎都累了，它們拒絕擺動，似乎也在夜色中靜候幽靈的再次光臨。

因為德普爾的存在，房間裏的氣氛顯得有些尷尬。大家誰都沒有説話，德普爾很不自在，他一會站起來，一會坐下去，有時候還來回走動。博士原本不知道他這樣強烈地希望參加抓捕，他以為德普爾明白自己的失誤，會知趣地同意自己的安排。沒有辦法，博士是絕對不會讓德普爾再次進入現場的，因為魔怪不能再逃脱了。

從六點開始，一直到八點，什麼事都沒有發生。海倫和本傑明開始在一個角落裏小聲地説話，保羅隨後也參加進來。博士還是坐在窗邊的沙發上，他一直閉目養神。德普爾則擺弄着自己的手機。

又過了兩個多小時，還是沒有什麼動靜。博士看看大家。

「我們輪番休息。」博士説，「沃頓説旁邊有三個房間，可以作為休息室。海倫、本傑明，你們去休息，德普爾先生，你也去休息，我和保羅在這裏守着，要是有異常，我會馬上通知你們。」

德普爾沒説話，直接站了起來，向外走去。海倫和本傑明也站了起來，走向了休息室。來到各自的休息室，他們和衣而卧，等待着幽靈的出現。

本傑明很快就進入了夢鄉，等他醒來的時候，天已經亮了。他忽然想起什麼，連忙站了起來，衝到了博士那個房間。

房間裏，博士正在和海倫、保羅說話，德普爾不在裏面。

「本傑明，你醒了。」海倫把頭轉向本傑明。

「嗯，」本傑明點點頭，「怎麼樣了，昨晚……」

「幽靈沒有來。」海倫說道，「博士在這裏值守了一夜，他沒有叫醒我們。」

「我後半夜也睡着了。」博士說，「我判斷幽靈還在療傷，後半夜是保羅在值班。」

「哎，白等一個晚上。」本傑明無可奈何地說，「那個……德普爾呢？」

「剛走，不過他說晚上還要來的。」海倫說。

「那就隨便他了。」本傑明說。

博士他們開車回了偵探所，他們相信博士的判斷，那個幽靈受了重傷，只能在身體恢復後再來報仇。

這個白天對偵探所的魔法偵探們來說是無聊的一天。傍晚時分，他們早早吃了晚飯，再次出發，來到了倫敦塔。

在白塔的小房間裏，博士拿起窗台上的警報器看了看，這時德普爾推門進來，他看到大家，非常冷淡地點點頭，算是打了招呼。

德普爾進來後，房間的氣氛也變得冷起來。海倫和本傑明有些無精打采的，不過他倆很快從帶來的背包裏拿出了消磨時間的工具——海倫翻看一本雜誌，本傑明則玩電子遊戲機。

很快就到了晚上十點多，博士看看沒有什麼動靜，又讓大家去休息，他和保羅值守。海倫和本傑明聽從了安排，都去休息了。德普爾站起來，招呼也不打，直接去了休息的房間。

幽靈沒有來。

回去的路上，本傑明和海倫一起問博士幽靈是否會來，博士依然很堅決地認為那傢伙會説到做到，會來威克菲塔的。博士判斷那傢伙受的傷比較重，而越是受了重傷，他的報復心就會越強。

這天晚上，博士他們又來到了倫敦塔。德普爾已經先到房間了，他看到大家，還是一副愛搭不理的樣子。本傑明開始玩遊戲，海倫聽手機裏播放的音樂，他倆都不願意看到德普爾。他們真想快點抓住那個幽靈，這樣就不用再

看到德普爾了。

博士靠在沙發上，閉目養神，德普爾靠在另外一張沙發上，也閉目養神。房間裏兩個斯塔福德的畢業生，都在閉目養神。保羅看着這副景象，覺得很有趣。房間裏只有保羅在來回的走動，他似乎不走動一會就不舒服。

外面早就天黑了，天空中有一些零零星星的雨點落下。威克菲塔下有一盞路燈，散發着昏暗的燈光，雨點從燈光中穿過，然後落在地上。

第五章　被困威克菲塔

「哎——哎——哎——」本傑明在玩空戰遊戲，他左躲右閃，但是敵機射出的導彈還是命中了他的最後一架飛機，本傑明懊惱地按下了退出鍵，隨後站了起來。

他走到窗戶邊，拉開一點窗簾向外望去，外面仍然是那麼安靜。本傑明看了看手錶，隨後看看博士。

「博士，今晚他可能又不來了。」本傑明說，「也許又白等了。」

「也許吧。」博士睜開眼睛，聳聳肩。

「有沒有聽清楚他走的時候喊的到底是什麼呀？」德普爾在一邊突然開口了，「白白地等在這裏，這就是一個魔法大偵探做的事？」

「喂，你說什麼？」本傑明立即叫起來，他瞪着德普爾，「博士不會聽錯的……」

「本傑明。」博士拉了拉本傑明，然後看看德普爾，「德普爾先生，我確信聽到了幽靈臨走時說的話，也確信他會來報復，不過如果你有什麼更好的建議，不妨提出來……」

「我……」德普爾張了張嘴，想說什麼，但是沒有說出來。

「一點耐性都沒有，還當什麼魔法師！」海倫看到大家說話，已經摘下了耳機，她聽到德普爾的話，很不高興。

「怎麼了？」德普爾好像生氣了，「一直在這裏傻等着，這算是破案嗎？你們難道就沒有一些別的偵破手段嗎？我真懷疑你們以前是怎麼破的案，可能是你們運氣太好了……」

「你這是質疑我們的能力了？」海倫說着站了起來，「那你說說你破過什麼樣的案件，我們學習一下。」

「對呀，我們學習一下。」本傑明跟着說。

「學習一下，學習一下。」保羅往左跳跳，又往右跳跳，他搖晃着尾巴在一邊起哄。

「哼，你這小狗也來教訓我？」德普爾臉漲得通紅，「你……」

「小狗怎麼了？」保羅生氣了，「被我的導彈擊中的魔怪不下一百個，你說說，你抓到過幾個魔怪？說呀！」

「他應該說放跑了幾個魔怪！」海倫在一邊嘲弄地說。

「喂，你們這是圍攻我嗎？」德普爾揮着手臂，「你們這些職業偵探，應該去圍攻那個魔怪，而不是在這裏傻等，沒事就圍攻我……」

「嗨！大家都不要吵了。」博士看到雙方聲音越來越大，連忙在一邊勸阻，「萬一那個傢伙要是來了，聽到我們的話……」

「夠了！」德普爾指着博士的鼻子，「你真以為那傢伙會來嗎？」

「我以為他已回來。」保羅插話道，說完他指了指窗台上的警報器。

只見警報器的警示燈一閃一閃的，指針對着威克菲塔強烈地擺動。

「噓——」博士立即做了一個噤聲的動作。

德普爾呆在原地，一時不知所措。

「絕對是他。」海倫拿起了幽靈雷達，「反應值不如上一次高，但是絕對是那個幽靈。」

「跟我來。」博士揮揮手，「我們按計劃行動。」

大家跟在博士身後，走出了白塔。他們俯身向威克菲塔前進，距離威克菲塔還有十多米的時候，海倫和保羅停下，各自找到一個位置隱藏起來。德普爾也跟了出來，看到海倫隱藏起來，他很不情願地站在海倫身邊幾米遠的一棵樹後。

博士和本傑明來到威克菲塔下，剛到下面，他就聽到塔裏傳來「嗚嗚」的哭泣聲，那聲音和上次聽到的一模一樣。博士拍拍本傑明，示意他跟在後面，隨後拉開威克菲塔的小門，閃身進入。

哭泣聲還是從二樓的展廳裏傳來，博士稍有些遲疑，既然那傢伙是來報仇的，沒必要又來上次那一套，直接過來交戰就可以了。不過博士轉念一想，也許是幽靈不知道自己藏身何處，想把自己吸引過去。

博士不再多想，他小心地上了二樓，本傑明跟在他的身後，他們沒有發出任何聲響已來到了二樓。

在二樓展廳門口，和第一次一樣，博士沒有直接闖進去，而是悄悄地把頭探出去。他一眼就看到一團發着微光的人形，就在一個展架旁，那個人形就是幽靈。

博士確定了方位，回頭看看本傑明，本傑明手持幽靈雷達，他已經鎖定了幽靈。兩個人借着月光對視一下，博士點了點頭，本傑明明白了博士的意思，也點點頭。

博士停頓了一秒，飛身衝進展廳，人剛進入展廳，兩枚凝固氣流彈一前一後已經飛了出去，氣流彈直擊那個幽靈。「轟——轟——」兩響爆炸聲，幽靈怪叫起來——他被擊中了。

本傑明跟着博士進了展廳，進去後他直接繞到幽靈的身旁，那個幽靈被氣流彈擊中後倒地，沒等博士衝上來抓，他又掙扎着站了起來，本傑明已經到了他的身後，上去就是一腳，幽靈當場被踢倒在地。

博士飛身一躍，雙手死死地卡住幽靈的雙臂。這時本傑明拋出的綑妖繩已經飛了過來，綑妖繩迅速在幽靈身上纏繞了幾圈，隨後自動收緊，幽靈大呼小叫地被牢牢綑住。

博士知道幽靈無法脱身了，他站了起來，用腳踢了踢幽靈，幽靈已經放棄了反抗，他躺在地上，一動不動的。

「這下他跑不了了。」本傑明蹲下身子，他很興奮，「這傢伙就這點本事呀，還想和我們決鬥呢！哼，真是不自量力。」

「你去告訴海倫，説行動成功。」博士對本傑明説，「叫他們不要上來，我們把這傢伙帶下去，帶到偵探所或者聯合會去審問。」

「好的。」本傑明說，隨後站起來走到了窗邊，他推開窗戶，看到海倫就站在外面，「嗨，海倫，抓到了，博士叫你們守在原地，我們把這傢伙帶下去——」

「好的。」海倫喊道，說完警惕地看看四周。四下沒什麼動靜，只有不遠處的保羅，德普爾也站在自己身後。

本傑明喊話完畢，走到幽靈那裏。博士用腳踢踢幽靈。

「起來，走。」

幽靈沒有回話，他一直躺在那裏。

「叫你起來！」本傑明上去揪住綑着幽靈的繩子，用力一拉，幽靈頓時被拉了起來，「啊，這麼輕呀，像一團棉花……」

「怎麼了？」博士有些吃驚地看着被本傑明輕易提起的幽靈，「這麼大的一個幽靈，很難提起來的呀……啊，本傑明，不好……」

與此同時，威克菲塔外，海倫看到德普爾轉身向白塔走去。

「喂，你幹什麼？」海倫連忙問。

「事情結束了，你們很厲害。」德普爾冷嘲熱諷地說，「你不是嫌我在這裏很多餘嗎？」

「喂，你不能走，你不能離開你的位置——」

「嗖——」的一聲，只見一道綠光從空中直射下來，那道綠光帶着風聲射向德普爾，德普爾沒有察覺，一直很警惕的海倫感覺到了，眼看那道綠光就要擊中德普爾，海倫大喊一聲「小心」，縱身一躍，用自己的手臂去阻擋綠光。

「嘶——」的一聲，海倫全身像觸電一樣，渾身上下散發出綠色的光芒，她從半空中落地，慘叫起來。

德普爾隱約明白發生了什麼，他看到海倫倒地，頓時驚呆了。他看看天空中，什麼也沒發現。

「你……」德普爾說着走向海倫。

「閃開，閃開——」海倫大聲喊道。

天空中又有兩道光束射下來，一道射向海倫，一道射向德普爾，德普爾聽到海倫的話，就地一滾，光束在他的腳邊爆炸，德普爾被氣浪掀翻在地。

另一道光束射向海倫，海倫連忙閃身，光束集中地面後爆炸，海倫被氣浪推出去幾米，她看到保羅飛了起來，

光束爆炸前，保羅正好衝過來救海倫。

半空中，一股白色的氣團忽然出現，在距離威克菲塔塔頂三十米的地方懸停下來。

威克菲塔裏的博士和本傑明都聽到了外面的爆炸聲，他們連忙向窗戶衝去，看到兩道光束在地面爆炸，海倫他們的身影被覆蓋在爆炸掀起的氣浪之中。

博士知道遭到襲擊，他向光束射來的方向看去，正好看到那股白色氣團從天而降。

就在這時，展廳裏躺着的幽靈化作了一股白霧，輕鬆地擺脫了綑妖繩，隨後變作一縷白煙，轉瞬間就飛出了威克菲塔，和塔頂的白色氣團合二為一了。

「中計了，這是分身術！」博士恍然大悟，大喊一聲。

「凝固氣流彈——」本傑明跟着那道白煙衝到窗戶，他聽到博士的喊聲，抬手就射出一枚氣流彈。

「噹」的一聲，氣流彈剛飛出去幾米，突然像撞在牆上，被反彈回來，落在展廳中央，隨即爆炸。

博士和本傑明被衝擊波推倒，不過他們沒有受傷。兩人爬起來後一起飛身上了窗台，想跳出去和幽靈交戰，但是他們飛身躍出不到一米，身體就像撞在無影的牆壁上，雙雙跌回展廳裏。

「他堵住了我們的路。」博士明白了什麼，他大聲招呼本傑明，「我們轟開他的無影牆——」

兩人站起來，想一起轟擊幽靈設置的無影牆，窗外那道無影牆突然有了形狀，那是一道從半空中射下來的巨大光束，這道光束將威克菲塔完全籠罩住，光束開始是綠色的，忽然它變成紅色，與此同時，威克菲塔內的氣溫開始急劇上升。

「啊呀，這麼熱呀！」本傑明叫了起來，他眼前的窗戶那裏，外面的光束變成了通紅的光牆。

「他這是要烤死我們！」博士明白了幽靈的意圖，他拉拉本傑明，「我們衝出去——」

兩人衝向牆壁，各念穿牆術口訣，但是身體剛剛衝出牆外，就被那道熾熱的紅色光束給彈了回來。

博士彈回到展廳後就地一滾，隨後向窗口的紅色光束射出兩枚氣流彈，但兩枚氣流彈撞擊到光束後隨即爆炸，光束沒有受到一絲破壞，依然發着灼熱的強光。威克菲塔內的氣溫不斷上升。

「熱死我了——」本傑明開始解自己的領口，他大口地喘着粗氣，幾乎窒息了，「熱呀——」

「哈哈哈——」天空中，幽靈似乎聽到了本傑明的呼喊，得意地笑起來。

「冰牆護體！」同樣被熱浪包圍的博士也感到呼吸困難，他急忙念了一句口訣，幾塊巨大的冰塊頓時出現，並隨即組合成一個方體，將博士和本傑明完全包裹起來。

「啊——啊——」本傑明終於鬆了一口氣，在這個方體裏，氣溫急劇下降。

博士也稍微鬆了口氣，他知道幽靈想把自己烤死在塔裏。他想衝出塔外，但是那個幽靈顯然很有法力，也是有備而來的，他們不但衝不出去，氣流彈也轟不開那道光牆。博士想施展更厲害的法力，但是「冰屋」外熾熱難耐，使他無法展開新的攻擊。

「博士，我們怎麼辦？」本傑明手摸着冰牆，焦急地問。

就在這時，只聽外面傳來「哢、哢」的聲音。他倆都不說話了，警覺地望着外面。

「哢——」的一聲，「嘭——嘭——嘭——」，展廳裏的木質展架燃燒起來，玻璃發出爆裂聲，隨後全部炸開，碎片四濺。展架裏站着的騎士盔甲紛紛倒下，隨後開始變得通紅——那是因為氣溫急劇上升所致。

「博士，你看——」本傑明驚恐地指着外層冰牆。

只見外層冰牆開始大面積地融化，冰水發出「嘶嘶」的聲音，變成一股股白霧，隨後消失在房間裏。

這個幽靈為什麼愛用火攻？

「本傑明，和我一起施法——」博士知道只要冰牆化開，他倆瞬間就會被燒死，他雙手扶着冰牆，同時開始發力，「氣溫下降——」

本傑明聽了博士的話，衝上去雙手推住冰牆，也開始發力。冰牆有了兩人的發力，外層隨即開始變厚。

「啊——」博士和本傑明一起發着吼聲，加大冰牆的厚度。

半空中的幽靈似乎看到了這一切，他的冷笑聲在空中升起，隨後，光束產生的熱力突然加大，冰牆又開始融化了。

「博士——我——我沒有力氣了——」本傑明的法力大量的消耗，他已經氣喘吁吁了。

「頂住，一定要頂住——」博士繼續努力着，只要稍一鬆勁，他和本傑明就會化成白煙。

兩股力量較量着，一時難分勝負，不過比較明顯的是博士這邊的力量已經快要耗盡。

第六章　德普爾發射導彈

威克菲塔外，海倫躺在地上，她剛才被氣浪重重地掀在地上，全身像散了架，她看到了半空中已經化成人形的幽靈，那個幽靈正從空中發射一道火紅的光束，光束籠罩住了威克菲塔，在海倫所處的位置都能感受到光束散發出來的熱量。博士他們還在塔裏，海倫明白了幽靈的意圖。

海倫動了動身子，發現連手臂都抬不起來，她努力轉了下頭，發現不遠處保羅躺在地上，一動不動。

「保羅——保羅——」海倫有氣無力地喊道。

「我動不了了。」保羅説道，「腿全斷了，脖子也斷了——」

「他在火燒博士，本傑明也在裏面呢。」海倫幾乎哭了出來，「怎麼辦呀，我也動不了呀——」

「我射不出導彈，但我的攻擊系統還算正常！」保羅發出絕望的呼喊。

「海倫——海倫——」

這時，德普爾的聲音從海倫身邊傳來，只見他慢慢地爬了過來，把手伸向海倫。

「德普爾，你還活着？」海倫想把頭轉向德普爾那邊，但是轉不動。

「我還好，一條腿受了傷。」德普爾爬了過來，「剛才我被炸暈了。」

「德普爾，我動不了了，你快點救博士。」海倫焦急萬分，「那個幽靈正在攻擊博士，你要幫他們……」

「可是我……」德普爾滿臉尷尬，「我從來沒有抓過魔怪，只是實習課上進行過模擬演練，我是做研究工作的……」

「我知道，我知道。」海倫痛苦地扭轉着頭，忽然，她看到了身邊的保羅，「德普爾，你去操作保羅，它身體裏有導彈發射器，可以手動操作的，你快去……」

「手動的？」德普爾先是一愣，隨即爬向了保羅。

半空中的幽靈正在和博士對峙着，根本沒在意地面上幾個幾乎不能動的人。

「我的攻擊系統正常。」保羅聽到了海倫的話，大聲說，「快點，你快點過來。」

德普爾連忙爬過去，他有點手足無措，不知道該如何下手。

「保羅的腹部有個橙紅色的按鈕，按下按鈕，導彈發射器會自動彈出。」海倫在一邊指揮。

德普爾連忙找到按鈕，隨即按了下去，但是發射器並沒有彈出來。他急得大叫起來。

「你再按幾下呀。」海倫也着急了，「保羅，你不是說攻擊系統正常嗎？」

「檢測正常呀，絕對能發射……」

「可是打不開呀。」海倫打斷了保羅的話。

「等一下。」德普爾說着按住保羅，用拳頭重重地擊打他的腹部，「對不起了，保羅。」

「嗨，這是幹什麼？」保羅叫了起來，「我倒是不會痛，可這樣……」

「唻」的一聲，導彈發射器彈了出來，德普爾頓時眉開眼笑。

「哈哈，我爺爺就是這樣對付他的老爺車的，每次都能啟動發動機。」德普爾邊說邊摸了摸發射器裏的導彈，

「海倫，下一步該怎麼辦？」

「你把保羅舉起來，導彈對準那個幽靈，就像電影裏那些火箭彈射手一樣。」海倫繼續指揮，「注意，導彈尾部不要對着自己，否則烈燄會灼傷你的。你看到發射架上的黑色按鈕了嗎？按一下就發射了，發射多少枚就按多少下！」

「明白。」德普爾說着就把保羅舉了起來，他讓導彈對準了半空中的幽靈，身體躲開了導彈尾部，隨後按下黑色按鈕。

「嗖——」一枚導彈從發射架飛了出去，直直地射向空中的幽靈。導彈發射時產生的強大後座力是德普爾沒有預料到的，他一鬆手，保羅掉在地上。

「轟——」的一聲，半空中傳來一聲巨響，導彈在空中爆炸，幽靈慘叫一聲，籠罩着威克菲塔的光束頓時消失了。

幽靈正全力對付博士和本傑明，毫無防備地遭到了轟擊，一條手臂被當場炸斷，他掉頭就跑。這時，地面上的德普爾慌慌張張地撿起保羅，把導彈對準了正在逃逸的幽靈，又射出了一枚導彈，導彈追着幽靈，隨後在空中炸

響，這次德普爾沒有脫手。

「嗖——嗖——」，德普爾連按兩下，又有兩枚導彈飛了出去。幾秒鐘後，天空中傳來兩聲爆炸聲。

「好了，好了。」德普爾把保羅放在地上，他大口地喘着粗氣，「幹掉他了……」

「準確地說是擊傷他了。」保羅說，「我剛才看到了，第一枚沒有炸死他，第二枚發射遲了，他跑了，向東南方向。」

「啊？」德普爾愣住了。

「博士、博士他們不知道怎麼樣了？」海倫努力轉着頭，向威克菲塔那邊望去。

威克菲塔裏，博士和本傑明用盡氣力抵抗着光束的燒灼，他們的冰牆慢慢地融化，眼看就要抵擋不住了。就在這時那道光束突然不見了，博士和本傑明互相看了看，他們開始還以為幽靈又耍什麼花招，但是聽到追妖導彈那熟悉的爆炸聲，知道外面在救援他們，兩人連忙念口訣，收起了冰牆。博士跑向窗戶，空中已經看不到幽靈了，他向不遠處的地面望去，只見海倫還躺在那邊，博士急忙從窗戶跳了下去，本傑明也跟着跳了下去。

「海倫——海倫——」博士邊跑邊喊，「你還好嗎——」

「博士——」海倫聽到博士的聲音，長出一口氣。

「博士，我不能動了，德普爾把我當火箭發射器……」保羅躺在地上，大聲對博士解釋。

「南森博士，剛才我也受了傷，海倫叫我……」德普爾半臥在地上，也急着向博士說明情況。

「博士，剛才真是驚險呀……」海倫也忙不迭說。

三個人的話交織在一起，亂哄哄的，博士也不知道該聽誰的，他知道他們都受了傷，連忙拿出急救水。

「都先不要說話，先把急救水喝下去。」

本傑明也掏出一瓶急救水，海倫和德普爾都喝了。博士檢查着保羅的身體，發現他身體上很多線路都斷了，他用手接上了兩根斷線，保羅的脖子能夠轉動了，但是其他部分要回去後才能修理。

海倫喝下急救水，感覺好了一些，她的脖子可以自如地轉動了，手也能微微抬起來。

「博士，多虧了德普爾，否則真是難以想像呀。」海倫看着博士，又看看德普爾。

「我……沒什麼。」德普爾這次倒是不好意思了，「是海倫指揮的，正好我能活動……」

「德普爾先生，」本傑明聽到海倫的話，儘管他還不知道發生了什麼，但知道德普爾一定是幫了大忙，「到底發生了什麼事？」

「哎，還是我來說吧。」保羅躺在地上，搖晃着腦袋，「剛才我們遭到了攻擊，全都受了傷，接着你們就被困在塔裏……」

保羅條理清晰地把剛才發生的事告訴了博士，和海倫一樣，他也誇讚了德普爾。當然，他也強調要是自己能動早就擊落那個幽靈了。

「謝謝你，德普爾先生。」博士聽完解釋，誠懇地看着德普爾，「非常感謝，你受了傷還過來救我們……」

「噢，這沒什麼。」德普爾連忙搖搖手，「我……我也是這個行動小組的一員呀……而且我還是一個傑出的魔……啊，我還是一個魔法師。我……很抱歉，我以前確實有些言過其實了，其實我……從沒有抓捕過魔怪，我畢業後就做研究工作了……」

「每個人都有第一次的。」博士笑着對德普爾說，

「你的抓捕行動從射中幽靈開始。」

「噢，謝謝，非常感謝。」德普爾笑了，他又感激地望着海倫，「海倫小姐，謝謝，剛才是你推開了我，否則我……真的很感謝你，你是為我而受傷的。」

「不用謝。」海倫微笑着，「你不是說，我們是同一個行動小組呀。」

「是，我們是……」德普爾也笑了，突然他皺起了眉，「哎——」

「怎麼了？」海倫和博士同時問道。

「沒事。」德普爾說，「我的腿，還有點痛。」

「沒關係的。」博士説道，「明天你就會感覺好一點了。」

「謝謝，謝謝你的急救水。」

這時，一大批的警察和倫敦塔警衛趕了過來，海倫看到了那些警察。

「剛才我們交戰的時候，有幾個警衛跑出來，他們也幫不上什麼忙，就跑去叫警察了。」

「老夥計，你說那個幽靈跑掉了？」博士問。

「跑了，但是一條手臂被炸斷了。」保羅說，「我被當做發射器的時候，看到了全部過程。」

「雖然他還是跑了，但這裏的警衛和遊客應該是安全了。」博士説道，「現在那個幽靈的全部注意力都在我們身上，他恨死我們了。」

「嗨，你們還好吧？」一個警官走了過來，看到博士，連忙問。

「還好，請你們幫我把這幾個傷患送回到貝克街的魔幻偵探所去。」博士指着海倫等説，「我還要留下來處理一些事情。」

海倫、德普爾和保羅被送了回去。博士把本傑明拉到一邊。

「等人們都走了，我們去找找那個幽靈的殘肢，即便找到一點點也好。」

「好的。」本傑明點點頭。

威克菲塔下很快又恢復了平靜，博士先是和本傑明來到剛才被困的展廳，展廳已遭到完全的破壞，木質的展架框完全被燒毀了，騎士盔甲被燒黑、塌陷，展廳牆壁被煙熏得黑黑的。有個警衛説這裏要進行徹底的維修。

「這傢伙設計了一個圈套，而且我們也鑽進了這個圈套。」博士看着破敗的展廳，「先不說這些了，我們去找殘肢，本傑明，帶上你的雷達。」

兩人來到威克菲塔下，本傑明打開了幽靈雷達，他對着地面開始照射，剛剛開始照射，雷達熒幕上就有十幾處不是那麼明顯的亮點，顯示魔怪存在的指標也微微跳躍起來，這都是搜索到魔怪肢體的反應。

本傑明很快就找到了最近的一塊幽靈的殘肢，博士把這塊只有幾釐米大小的殘肢用鑷子夾起來，放進塑膠袋中。隨後，他們又收集了幾塊殘肢。

收集好這些東西，博士和本傑明來到倫敦塔的門口，一輛警車把他們送回了偵探所。兩名警察在偵探所裏幫忙照料海倫和德普爾，博士他們回來後，警察就離開了偵探所。

海倫和德普爾已經休息了，博士叫本傑明也去休息，隨後抱起只有脖子還能轉動的保羅去了實驗室。他找出工具，一邊和保羅說話，一邊將斷開的線路一一接上。半個小時後，保羅恢復正常，他一口氣喝下半瓶潤滑油，完全和以前一樣了。

第七章　查找幽靈

第二天一早，德普爾從客房裏扶着牆走了出來，的確，他感到好多了，儘管行動還不是很自如。海倫此時半躺在沙發上，本傑明正在給她餵飯。

保羅看到德普爾出來，搖晃着尾巴特意在他面前得意地走了一圈。

「保羅，你好了？」德普爾驚奇地問。

「完全好了。」保羅説道，「今後不用當你的發射器了。」

「使用你這樣的發射器，總感覺怪怪的呢！」德普爾開起了玩笑。

大家你一言我一語的説笑起來，博士從實驗室走出來，他關切地詢問了德普爾的傷情，端出了給德普爾準備好的早餐，德普爾還真是餓了，他吃得很多。

德普爾吃完早餐後，走到茶几那裏喝了一杯咖啡，他對會説話的茶几發生了興趣，讓茶几再端出一杯咖啡。

「剛才那杯還沒喝完呢。」茶几裏傳出一個聲音，「請喝完了再添。」

「哇，你怎麼知道的呢？」德普爾充滿好奇地問。

「你們都是這樣，沒喝完就和我要咖啡，不過就是想和我説話，其實不用要咖啡，我們也可以聊些別的……」茶几裏的那個聲音回答道。

「和一個茶几聊天？」德普爾笑了起來，「那聊什麼呢？我這是第一次和一個……茶几聊天……」

德普爾正聊着，忽然發現偵探所靜了下來，那個茶几也不説話了。他看到海倫和本傑明都看着博士，博士剛才一直在翻看一本書，看到大家看着自己，連忙合上書。

「你們都吃飽了？」博士問。

「飽了。」海倫連忙説。

「下面該你説了。」本傑明説完把頭轉向德普爾，還眨眨眼睛，「這是偵探所的慣例——博士的推理時間到了。」

「噢，太好了。」德普爾説，他連忙正了正身子。

「那麼我們就開始吧。」博士也不多説就直接進入正題，「昨天晚上我們中了圈套，我們遇到了一個狡猾的對手。說實話，我開始有些輕敵了，以為他就是那種養好傷直接過來拼命的傢伙，事實證明他不是。」

「昨天你說過，他用了分身術。」本傑明插話道。

「對，昨晚一開始出現在威克菲塔裏的那個傢伙是他身體的一部分，能變化成他的形狀並產生一定的魔怪反應，但是法力很弱。」博士解釋道，「我當時也感到奇怪，怎麼這麼輕鬆就能抓到他，可是已經晚了，他用這個招數把我和本傑明吸引到塔裏，然後先攻擊了在外面的海倫他們，又開始攻擊我們。」

「差點讓他成功。」本傑明輕輕地搖着頭說。

「這個傢伙算是說話算話，說要來威克菲塔果然就來了。」博士冷笑着說，「他的療傷能力也很強，受傷後沒幾天就來了，這說明他的法力不低。而且用光束圍困我們的時候我試圖衝出去，但被擋回來了，我感覺他能操縱強大的能量。」

大家都看着博士，靜靜地聽他的分析。

「我們遇到對手了，儘管他被斬斷一條臂膀，但是我估計用不了半個月，他就能治癒傷口，繼續作怪。」博士慢慢地說，「昨晚我和本傑明帶回來幾塊被斬斷的殘肢，你們休息後我已經讓保羅進行了全面分析，那確實是一個幽靈的臂膀，同時我們還得到一個資訊，她是一個女幽靈，或者這樣說，她活着的時候是個女性。」

博士的話讓大家很吃驚，他們都沒想到那是個女幽靈，而且魔力還那麼強大。

「第一次交手時我看見了她的面目，但是你們知道，幽靈的面目都是很猙獰的，不好區分性別。她臨走時說話聲音有些尖利，但我還是沒往性別方面想。」博士補充道。

「她……她為什麼在塔裏哭呢，女人就是愛哭。」本傑明說完看了看海倫。

「本傑明，為什麼要看着我？」海倫不高興地叫起來，「我不喜歡你說這話時看着我，我可不是……反正不要看着我。」

博士和德普爾都不禁笑了起來，保羅晃着尾巴，也在一邊笑起來。

「好了，不看你了。」本傑明這次沒有和海倫吵，他看了看博士，「那麼博士，我們下一步該怎麼辦？我是說到哪裏去找她？」

「對呀，昨天她跑的時候沒有說話。」保羅跟着說。

「是很難找呀。我們手上只有不多的線索。」博士拿起一張紙看了看，「女幽靈、外地來的，斷了一隻胳膊，因為是重傷，應該跑不遠。目前看只有這些線索。」

「還有很厲害的魔力。」海倫說，「這也算一條。」

「嗯。」博士點點頭，把這條也記在紙上。

「她會去哪裏呢？」保羅想了想，「啊，那天她是向東南方向逃竄的，是不是在倫敦東南面？」

「這個就不一定了。」博士搖搖手，「當時她突遭導彈攻擊，慌不擇路，往哪個方向跑都有可能。」

博士的話讓大家都信服地點着頭。

「目前我們要做的，就是如何找到她。」博士嚴肅地說，「我會通知倫敦周圍的精靈和大鼠仙，讓他們幫助尋找，我想應該能有所收穫。那傢伙跑不遠，她還要療傷呢，估計還會配製魔藥，只要她能活動，精靈們就能找到她。」

「這個辦法很好。」本傑明和海倫對視一眼，都非常高興。

「我們也不能閑着，根據這些基本資料，我們要找找她是否在外地出現過。」博士說，「德普爾先生，你一直沒說話，請問你有什麼建議嗎？」

「我？」德普爾先是一愣，隨後笑了，「我沒什麼，我發現做研究和真正破案還是不太一樣。」

「噢，有什麼想法你只管說。」博士揮揮手，「其實一開始是你先發現她是個真正的幽靈，這很重要。你有什麼建議嗎？」

「現在沒有。」德普爾連忙說，「我只是想幫助你們快點找到那個幽靈……」

「是『我們』。」博士糾正道。

「啊，對，是『我們』。」德普爾馬上說。

「你和海倫現在還有個重要任務，」博士看看他倆，「那就是好好休息，儘快把傷養好。」

「我什麼時候能好呢？」海倫焦急地問。

「快了，我想要三四天的時間。」博士説，「放心吧，幽靈傷得比你們重多了，短時間內好不了，耽誤不了你們參加下一次行動。」

博士讓海倫和德普爾回房繼續休息。他和本傑明開始了各自的工作，博士帶着保羅去了倫敦南郊，去找那裏的精靈長老幫忙尋找幽靈。本傑明去了市中心的肯辛頓公園，去找那裏的大鼠仙幫忙。

本傑明順利地完成了這項工作，大鼠仙們多次得到魔幻偵探所的幫助，很高興地答應下來。博士回來得有點晚，本來路就遠，加上精靈長老拉着他問長問短，還在人家那裏吃了一頓漿果午餐，傍晚才回來。

以後的時間就是耐心等待了。博士相信小精靈和大鼠仙能幫上這個忙，他們在這個區域幾乎無處不在，只要幽靈還在倫敦附近，早晚會暴露活動跡象。

德普爾的腿傷不算很重，恢復得比較快，晚飯的時候，他試着不依靠牆壁，能走很遠了。海倫的傷較重，她仍然無法自己站起，不過手臂能輕微的活動了，博士說她受到了爆炸衝擊波的正面撞擊，沒有出現骨傷已經是萬幸了。

晚飯後，德普爾也幫忙做資料查找工作，博士想根據現有的證據，找一找英國乃至歐洲有沒有類似的幽靈出現，他想從源頭上查起。

本傑明、德普爾和博士各自對着電腦，仔細地查找資料，他們的電腦旁還擺着很多書，那是英國和歐洲魔怪千年來活動的大事記。

找了兩個小時，本傑明頭暈眼花，他伸了個懶腰。

「太多了，太多了。」本傑明搖着頭說，「好像英國鬼魂遍野一樣，到處都是鬼宅，什麼無頭騎士，綠幽靈夜遊，牆中探出手臂，我看全都是騙人的。你們看看，旅遊公司開發了鬼宅遊，每位參觀者收費五十鎊，他們可發財了。」

「基本上都是子虛烏有的事。」博士看了看本傑明，「不過有千分之一的概率，顯示有些地方確實有魔怪出沒，也許那個女幽靈就隱藏在這千分之一裏。」

「噢，千分之一。」本傑明苦惱地看着電腦熒幕，他不耐煩地翻了翻電腦旁的書，「找到這千分之一，還要從裏面找出來那個女幽靈，我看概率在萬分之一吧，真是太難了。」

「你可以專門搜索女幽靈。」德普爾抬起頭來，對本傑明説，「這樣效率就能提高不少呢。」

「噢，謝謝。」本傑明聳聳肩。

德普爾已經請沃頓警官派人將他的行李箱送到了偵探所，關鍵是他那台電腦。整天忙於研究工作的他查找資料是得心應手，很快，德普爾就找到了五份資料，他把資料列印下來，拿到博士面前。

「南森先生，這五份資料你看看，四個英國本地的，一個法國的，全都是女幽靈，而且魔力都很強大。」

博士拿過那幾份資料，仔細地翻看起來，看完之後，他抬頭看看德普爾。

「伯明罕南郊的那個可以排除了，我在一份報告中看到過。」博士説着敲擊電腦鍵盤，「你看，三百年前她出來作惡被擊斃了，另外一份報告可以作為旁證。」

德普爾看着博士調閱出來的報告，邊看邊點頭。

「那可以把她排除了。」

「剩下的四個，」博士說道，「全都是很有魔力的女幽靈，而且自出現過就再沒有下落……，你看哪個嫌疑最大呢？」

「這個，愛丁堡南部林頓這個，號稱『憤怒女莊園主』，本名叫菲比。」德普爾說，「生前繼承一座大莊園，心智不大正常，十分暴躁，忽而狂喜忽而哭泣。她殘酷虐待僕人，最後她的臥室失火，被燒死在裏面，據說那火就是僕人們放的，不過這已經無從考證了。」

「嗯……死後在莊園裏遊蕩……」博士邊看資料邊念，「有人聽見她在莊園的主塔裏哭泣，後來還有人看見過她在莊園裏遊蕩。她死後的第二年，幾個維修主塔的工匠晚上住在塔裏，第二天被發現慘死，人們懷疑是她所為，請魔法師前來捉拿，結果魔法師被擊敗，大批魔法師前來，她從此不見蹤影，莊園也於兩年後被雷擊中起火，完全燒毀，這些事發生在16世紀……」

博士邊看邊點頭，他低頭沉思了一下，隨後又看看德普爾。這時本傑明也湊了過來，伸長脖子在一邊觀看。

「這個案例我也看到了，那麼和其他幾個比起來，為什麼這個嫌疑最大？」博士問，「桑德蘭那個嫌疑也很大呀……」

「啊，你們來看……」德普爾先是愣了一下，隨後跑到自己的電腦旁，很快從電腦上調出了一張圖，「你們看看這張圖，這裏……」

這張圖畫上面描繪的是古代某地的風景，畫面上有山脈和河流，有農田和樹林，還有一座很大的莊園，德普爾的手指重重地點在莊園的一個地方。

「是威克菲塔！」本傑明看到那個地方，激動地叫了起來。

「是萊本莊園的主塔，外表和威克菲塔一模一樣，萊本莊園就是女幽靈菲比生前繼承的莊園。」德普爾解釋道，「這是我找到的一張16世紀愛丁堡南部林頓地區的風景畫，根據畫面上河流和山脈的判斷，我斷定這就是萊本莊園，如果是在我的辦公室，我能更全面的分析這張圖片，這張圖片是轉載的，真正來源還不清楚。」

「確實很有辦法呀。」博士誇讚道，「如果這真的是萊本莊園，那麼菲比就是出現在威克菲塔的那個幽靈的可能性就很大了……這兩座塔，真是一模一樣呀……」

博士看着圖片上莊園的主塔，又打開另一台電腦找到

了威克菲塔的照片，兩座塔看上去確實十分相近，就連塔身上射孔的位置都很類似。

「博士，你們的意思是……」本傑明似乎是在求證，「女幽靈菲比入駐威克菲塔，是因為她自己莊園的主塔和威克菲塔一模一樣，由於某種原因，她遊蕩到威克菲塔，就駐留下來了。」

「完全正確。」博士滿意地點點頭，「本傑明，你看到威克菲塔了嗎？這座塔和我們常見的古代建築中的塔不太一樣，也就是說極為少見，萊本莊園也有這樣一座塔，誰先誰後現在還不知道，不過要是這個叫菲比的女幽靈真的遊蕩到了威克菲塔，思念故地駐留下來倒是很正常的。」

「我還要繼續找一下資料，要查證圖片上描述的就是萊本莊園。」德普爾看到自己的觀點得到了博士的認可，非常高興。

「還要繼續查找菲比的下落。」博士看看德普爾和本傑明，「目前來看她在大批魔法師趕到時逃跑了，從此幾個世紀無蹤影，但是我還真怕從哪份資料中找到她已經被擊斃的消息，那樣我們又要從頭來了。」

「好的，那麼我們繼續。」德普爾說。

「好的。」博士笑笑，「啊，德普爾先生，你的腿……」

「沒事，好多了。」德普爾連忙說，「再説我是腿受傷了，不妨礙查找資料。」

查找資料的工作繼續進行，重心轉移到女幽靈菲比身上。

第八章　小精靈到訪

這個晚上的工作一直進行到很晚，博士催了兩次才把德普爾趕到房間裏去休息。博士的擔心沒有出現，多處資料顯示，女幽靈菲比自從逃離自家莊園後，再也沒有出現過。

第二天一早，博士先去看了海倫，海倫的臉色好了很多，還能微微地抬起身子來。本傑明、德普爾還有保羅也來看望海倫，偵探所裏又是一片歡聲笑語。

博士現在一是繼續查找資料，第二則是等待小精靈和大鼠仙的消息。如果小精靈或大鼠仙查找到幽靈的藏身地，他們是要立即出動的。

威克菲塔那邊現在被魔法師聯合會派出的人員全面接管了，博士知道身受重傷的幽靈不可能短時間內再去那裏，但是也要以防萬一。

德普爾為了查證圖片的來源，費了很大力氣，他打電話回到自己的辦公室，請那邊的同事幫忙，最終他查到了那張畫的來源，那張畫的原作現存於格拉斯哥的一家博物館裏，他馬上打電話去那家博物館求證，得到了最後的答案——那張畫描繪的就是16世紀愛丁堡南部林頓地區的景色，而當時的林頓地區只有一個莊園，那就是萊本莊園。

博士和本傑明現在有了分工，博士負責女幽靈菲比失蹤後的去向分析，本傑明查找菲比生前的資料。

保羅有些無所事事，海倫休息的時候他就跑出去玩，海倫醒了他就和海倫說話。這樣的日子過了將近一周，海倫從能夠下牀慢慢走動，到能快步行走了，只是身體有時還不是很協調。

德普爾已經完全恢復了正常，他一直處於比較興奮的狀態，能和魔幻偵探所的成員一起破案，對他來說是寶貴的經歷，更是他獲取實踐經驗的最佳機會。

博士他們經過一周的資料查找，沒有找到菲比失蹤後的任何確切消息，一些相關的幽靈事件，也不能確定是否就是菲比所為。本傑明查找的菲比生前的狀態也沒有太大進展，只是確定菲比生前的確是個脾氣暴躁的人。有一份資料上顯示，菲比卧室的那場火就是被她虐待的僕人們放的，為首的叫麥斯利，是莊園的廚師，經常被菲比責罵甚至毆打，放火後這些僕人一哄而散，都找不到了。

這天早晨，海倫在保羅的陪同下先是到街上走了一圈，然後站在偵探所門口，看街上的風景。保羅指着街道兩邊的鄰里，和海倫説着話。

「看到那邊那家了嗎？貝克街15號。」保羅眉飛色舞，「他們家的那隻貓叫貝蒂，以前是隻流浪貓，來自動物救助中心，上次我追了她三條街，把她逼到了角落裏，結果她抓掉了我身上的毛。這些流浪貓就是缺乏修養，一點也不像是淑女……」

「哈哈哈，保羅，你還説人家缺乏修養，是你追人家的。」海倫笑着説。

「我那是和她鬧着玩呢，我就是喜歡追貓，她們要是不跑我也就不追了。」保羅一直都很興奮，「你看10號家的巴里，見到我就不跑，好像還想追我呢，我都懶得理他了。噢，還有，巴里有個怪毛病，你可千萬不要説出去，我和巴里保證過，不把他這個毛病説出去，這傢伙每次説到數字6的時候，尾巴就要抬一下……」

正説着，保羅的尾巴抬了一下，海倫很驚奇。

「嗨，保羅，這個毛病不會傳染吧？你剛才説

『6』，尾巴也抬了一下。」

「有嗎？嗯，好像是這樣……」保羅似乎也感覺到了，「為什麼我說『6』，尾巴會動呢？」

保羅的話音剛落，尾巴又動了一下。

「啊，又動了！」海倫瞪大眼睛，捂住了自己的嘴巴。

「我沒動，是有誰碰我，啊，有魔怪……」保羅說着跳了起來。

「是我。」一把聲音傳來，隨後，一個小精靈就像是從空氣中冒出來一樣，他眨着兩個大眼睛，看着保羅和海倫，「我剛才是隱身的，我從地下過來的，冒出來的時候碰到個毛茸茸的東西……」

「啊，原來是小精靈。」海倫很

高興，她知道一定是有了什麼消息，連忙去開門，「我去告訴博士。」

「等等，酋長還沒來呢。」那個小精靈搖搖手。

「酋長？」海倫和保羅都愣住了。

「就是戴爾，酋長戴爾，他在那邊買點東西，馬上就過來。」小精靈說。

「請問你是……」海倫還不是很明白酋長戴爾是怎麼回事，她看着那個小精靈問道。

「我叫夏克，是酋長的手下。」

「你好，我是海倫，你們來這裏是找博士的吧？」海倫和小精靈握了握手。

「是的，是找南森博士的，有點胖，個子不高……」夏克開始描述博士的模樣。

「在在在，他就在裏面。」海倫連忙說。

「嗨，嗨……」這時，又一個小精靈從地下冒了出來，他身上還背着一個袋子，「夏克，你可以先進去呀，你總是害羞，我說了，裏面的小胖子人很好……嗨，你們好，我叫戴爾。」

剛來的小精靈和海倫、保羅打招呼，海倫和保羅連忙

點點頭。

「你好，我是海倫，博士早就等着你們呢。」海倫説道。

「那就走吧。」戴爾也不客氣，背着袋子就走上了梯級。

「請問一下，你説裏面的小胖子，是誰呀？」保羅跟在戴爾身後，小心地問。他覺得本傑明一點也不胖。

「南森呀，小胖子南森。」戴爾晃晃腦袋，「他比我小一百歲，當然是小胖子了。」

海倫和保羅對視一下，都笑了笑。海倫打開了房門，兩個小精靈進了房間，博士和德普爾正在説着什麼，看到小精靈進來，連忙站了起來。

「嗨，南森，你好。」戴爾看到博士，招了招手。

「是戴爾，酋長戴爾。」博士認出了戴爾，很高興。

小精靈戴爾住在倫敦北郊的韋爾地區，博士幾十年前就認識他了。戴爾是那個地區小精靈的首領，自稱「酋長」。博士很高興地把他介紹給了大家。博士不認識夏克，戴爾把夏克也介紹給了大家。

「我説小胖……啊，不，是南森，南森博士。」戴爾想了想，一字一句地說，「克勞斯長老說你最近正在找一個斷臂女幽靈，通知我們幫你找，我想我們可能找到那個傢伙了。」

「在哪裏？」博士連忙問。

「不要着急，我沒看見，沒看見就不能多説，做事要認真，你説是吧……」

「是的是的，在哪裏呀？」博士此時不着急才怪呢。

「夏克，你看見的，你來説。」戴爾看看夏克。

「好的。」夏克點點頭，「今天早上，我老婆叫我去買點藍莓漿果，你知道最近藍莓漿果不好買呀，我就到處找，找呀找，聽説威力那裏今天進了貨，我就往那邊走……」

「很好很好。」博士都要急死了，他連忙打斷夏克的話，「請你説説幽靈的事。」

「噢，幽靈的事，要説的是幽靈的事。」夏克明白了什麼，「啊，剛才我説到哪裏了？啊，是去威力那裏，可是威力的漿果早就賣光了，我只好去南邊，終於買到了……」

「哼，你也不給我帶一些。」這時戴爾插話了，他指指腳邊的袋子，「剛才我看到大鼠仙的攤位上有，買了兩斤，城裏的東西就是貴呀……」

「你又沒說要我給你帶……」

「拜託，拜託兩位了。」德普爾和本傑明圍在旁邊，本傑明急得直跳腳，「我們想知道那個幽靈……」

「聽我說呀，我要一步一步來，等我詳細說給你聽。」夏克搖搖手，「我說到哪裏了？噢，我買好了漿果，回家的時候就看見幽靈了。」

博士等人瞪着眼睛，等待夏克說下去。但是夏克不說話了，反而好奇地看着大家。

「我說，我看到幽靈了。」夏克強調一遍。

「這就……完了？」海倫緩緩地問。

「對呀。」

「什麼樣的幽靈，在哪裏？」海倫追問。

「女幽靈，披着頭髮，反正我覺得她是女幽靈，啊，她少了一條胳膊，這可不多見。」夏克說，「進了一個藏身洞，就在我們那邊。」

「然後呢，你就走了？」博士連忙問。

「然後我就告訴了酋長，酋長就帶我來了，快到你們這裏的時候酋長看見大鼠仙的攤子上有藍莓漿果，就去買了一些，哎，酋長，你的藍莓漿果新鮮嗎……」

「好了好了，馬上帶我們去找她。」博士看看大家，「缺一條胳膊，我想應該是她，我們現在就去。本傑明，你馬上給保羅裝配導彈……」

「博士，我也要去。」海倫急忙喊道。

「你？」博士看看海倫，隨即點點頭，「可以去，但是要呆在車裏。」

兩個小精靈在一邊一起查看起戴爾剛才買的漿果，發現漿果有些不太新鮮，戴爾叫了起來。

「有好幾個壞的，我要去倫敦消費者權益維護協會投訴！」戴爾大喊着，「南森，你帶我去，這個大鼠仙，原來是奸商呀……」

「好了好了！」博士哭笑不得，「等抓到幽靈，我給你買一百磅，讓你坐在藍莓堆裏吃個夠。」

「我要倫敦本地品種的，蘇格蘭產的我吃不慣。」戴爾忙不迭地說。

「好的好的。」博士說着掏出了汽車鑰匙。

「看你心急得很！」戴爾笑了，「沒關係，我們派夏克的老婆看着呢，幽靈跑不了的。我們知道抓幽靈是大事。我們小精靈做事就是這樣，有主有次……喂，我們還是先去消費者協會投訴吧，我買的藍莓漿果壞了好幾個……嗨，嗨，放我下來……」

博士夾起戴爾就走，德普爾也把夏克抱了起來。兩個小精靈大聲喊着要下來，博士可不管，把他倆塞進了汽車。本傑明和海倫也跟着上了車。

博士發動了汽車，汽車開後，兩個小精靈不喊叫了。戴爾翻身坐到了前排，坐在德普爾腿上，給博士指路。

「這裏的路我熟悉，等到了郊區你再給我指路。」博士被小精靈弄得很頭疼。

汽車很快就開出了倫敦城，來到郊區後，博士直接把車開上去韋爾地區的高速路，他去過幾次那裏，知道路怎麼走。

開了半個小時，博士將車開下了高速路，他們進入到韋爾地區，小精靈戴爾又跳到前排，給博士指路。此時車開到了一處森林旁，戴爾叫博士停車。

「就在這片樹林裏！」戴爾指着前面，「我帶你們去。」

博士讓海倫留在車裏，他們跟着戴爾和夏克進入森林裏，這片森林裏的樹很茂密，所以光線很差，向前走了幾十米，保羅興奮起來。

「啊，前面有魔怪反應。」保羅搖着尾巴，突然，他站住了，「不對，是個小精靈。」

「那是我老婆。」夏克説着向前走去。

他們又向前走了二三百米，突然，一棵大樹後跳出來一個小精靈。

「喂，怎麼這樣久才來？」那個小精靈叉着腰，不高興地瞪着最前面的夏克。

「啊，老婆。」夏克連忙滿臉堆笑，他回頭看看大家，「這是我老婆愛麗絲。愛麗絲，這是南森博士……」

「嘘——」博士連忙制止説話的夫妻倆，他壓低聲音，「這樣會驚動幽靈的。」

「你是説那個幽靈嗎？」愛麗絲聳聳肩，「放心吧，不會的，她跑了。」

「啊？」大家都愣住了，「跑了？」

「對呀。」愛麗絲又聳聳肩，「『嗖』的一下，用的是快速逃逸術，我想追都追不上。」

「怎麼會跑掉呢？」博士急切地追問道。

「就那麼跑了。」愛麗絲一副無所謂的樣子，「我想我不小心驚動了她，她就跑了。」

「你仔細説説，這到底是怎麼回事？」

「別着急呀，跑的又不是你親戚。」愛麗絲看着博士，「事情很簡單啊，酋長叫我看着幽靈，我就守在一邊，等了半天你們也不來，我忽然想到夏克買的藍莓漿果還不夠，你知道這個季節不多儲存點，以後就沒有吃的了，這個夏克，什麼都要我説，什麼都不放在心上……」

「就是，買漿果的時候也不幫我帶一些。」戴爾在一邊跟着説，「害得我在城裏買了一些，不僅貴還有好幾個壞的……」

「老婆，我有記着呀，我不是買了嗎……」夏克打斷了戴爾的話，急着辯解。

「有壞的嗎？」愛麗絲好像很吃驚，她不理睬夏克，而是同情地看着戴爾，「那你應該去消費者協會投訴……」

「謝謝，謝謝大家了。」博士幾乎用一種哀求的口吻，「拜託，不要再説漿果了，抓到幽靈我給你們買。」

「我要蘇格蘭產的，我是從那邊嫁過來的……」愛麗絲強調説。

「好好好，」博士連忙説，「請你講講剛才的情況，幽靈是怎麼逃走的？」

「我剛才説到哪裏了？啊，是我想起夏克買的藍莓漿果可能不夠，我就想再去買點，可是我還要盯着幽靈，我很矛盾，是盯着幽靈還是去買藍莓漿果呢，我就在樹後面走來走去。」愛麗絲一副滿不在乎的樣子，「這樣一來好像驚動了幽靈，她鑽出洞，瞪着我，罵了我一句，我還以為她要攻擊我，就做好了應戰準備，結果她跑了。」

「她就跑了，你説得倒是很輕鬆。」德普爾在一邊着急了，「你……」

「我怎麼了？小朋友。」愛麗絲盯着德普爾，「我的任務是盯着她，沒説讓我抓住她，當然，我們沒有看住她，可這不怪我……」

「好，好。」德普爾低着頭，搖着手，「算我沒説。」

「她藏在哪裏？」博士指指不遠處，「那邊嗎？請帶我們去看看。」

第九章　找到幽靈藏身處

愛麗絲點點頭，帶着大家向前走了五十多米，那裏有一個土坡，土坡上長滿了植物，在土坡的下面，有一個黑黑的洞，愛麗絲説幽靈剛才就藏在裏面。

博士打亮了一枚亮光球，讓亮光球先飛進黑洞，然後俯身鑽了進去，洞裏的空間很大，人站在裏面基本不用彎腰。

博士環視着洞裏的情況，這裏面有一些器皿，都集中在一個角落裏，除了這些，洞裏就顯得空空蕩蕩了。博士走近那些器皿，他發現了一個小土坑，小土坑裏有一些燃燒過的樹枝，一個陶製的半圓形容器就放在土坑旁，容器的下端被熏得黑黑的，容器裏有一些褐色的塊狀物。博士蹲下去，用手捏起來一些，放在鼻子下聞了聞。

「是魔藥。」博士回頭看看大家，大家都站在洞口那裏，一起看着他。

「這麼説這是她療傷的地方了？」德普爾問。

「應該是，」博士説道，「她躲在這裏，煉製加工魔藥，治療傷口。」

「博士，我檢查了。」保羅吸着鼻子，「沒錯，這裏的氣味和她殘肢裏一種氣味的吻合度是百分之百，這個洞裏的幽靈就是斷臂女幽靈。」

「很好。」博士滿意地點點頭，他看看愛麗絲，「愛麗絲，你覺得她的傷好了嗎？她斷了一條胳膊，走路正常嗎？」

「正常。」愛麗絲説，「跑得還很快呢，一眨眼就不見了。」

「我覺得不正常，我看見她的時候她走路很吃力的樣子。」夏克在一邊小聲地説。

「什麼？」愛麗絲瞪着夏克叫道。

「啊，正常，很正常，她……走路就是那樣的，她喜歡那樣走路。」夏克連忙解釋。

「嗨，夏克，怕老婆也要分清時候。」戴爾拍拍夏克，「不能什麼都是你老婆説的對。」

「嗨，酋長，我有那麼厲害嗎？」愛麗絲不滿地看看戴爾。

「好，好，我明白了。」博士揚揚手，「愛麗絲，你說幽靈走的時候罵了你一句，她說什麼？」

「嗯……好像是『該死的小精靈』……嗯，就是這句。」

「她沒有攻擊你？」

「沒有，她跑了，跑得很快。」

「她逃跑是因為不想被發現，沒有攻擊你是身體還沒有痊癒。」博士分析道。

「嗯，估計是。」愛麗絲點點頭。

博士低頭看着那些器皿，開始思考着什麼。

德普爾他們在洞裏都沒有怎麼走動，進來這麼多人，洞裏的空間相對就小了。博士一直低頭思考着，大家望着他。忽然，博士彎下腰，一個罐子下壓着一樣東西，他拿起罐子，看到了那樣東西。那是一張燃燒過的報紙，他連忙把報紙撿了起來。

「第一百九十屆魔法史研討會在倫敦閉幕，主辦方魔法師聯合會的發言人向本報記者介紹了此次會議的……」博士念着報紙，「下面的文字被燒掉了。」

「嗨，我就是來參加這個研討會的。」德普爾有些興奮地說。

「那麼這不是《泰晤士報》，也不是《衛報》。」博士把報紙殘片舉了起來，「這是一張魔法師聯合會在倫敦出版的《魔法世界報》。」

「哇，是用報紙來引火？還是一個愛看報紙的幽靈？」夏克一臉驚奇，「我就從來不看，我只看《泰晤士報》的體育版。」

「她一定想看看自己有沒有上報紙。」愛麗絲說，「她幹出這麼大的事。」

「哇，老婆，你說得對。」夏克連忙誇讚。

「愛麗絲說得有道理。」博士也點點頭，他蹲了下去，開始翻揀那些器皿，他從一個大罐子裏又找到好多張被揉成一團的報紙，博士連忙把報紙展開，他看了一眼報頭，然後望着大家，「這是昨天的報紙……噢，還有前天的，我想她是看完報紙後又用報紙引火。」

「嗨，她是《魔法世界報》的訂戶嗎？報社怎麼也不看看自己的訂戶身分？」夏克有些吃驚。

「真是笨呀，她是……」愛麗絲用手敲敲夏克的腦袋，「噢，我也不知道她是怎麼拿到這些報紙的。」

「她一定是想看看自己的報道。」本傑明對德普爾說，「德普爾先生，你每天都上網看魔法世界報，有沒有她的報道呢？」

「沒有，警方說沒有抓到幽靈前不要有任何報道，避免引起不必要的恐慌。」

「這倒是應該的。」本傑明若有所思地說。

他們說話的時候，博士在一邊低頭思考着什麼，他拿起那幾張報紙看了又看，眉頭皺了起來。

本傑明知道博士在思考問題了，馬上不再說話。小精靈們也停止說話，洞裏變得靜悄悄的。這樣等了幾分鐘，夏克渾身不太自在，他對愛麗絲擠擠眼睛，愛麗絲瞪了瞪他，夏克立即身體站直，表情嚴肅。

幽靈的藏身洞裏，一片寂靜，只有懸浮在半空中的亮光球微微顫動着，散發着白色的光芒。

博士忽然看了看大家，臉上露出了一絲笑容。

「博士，你……有辦法了？」本傑明興奮起來。

「嗯。」博士眉毛一揚，「我有兩點總結。」

在場的人都認真地望着博士。

「首先，我們要判斷那個幽靈的傷勢。」博士的語速平緩，「夏克夫婦都看到了那個幽靈，那個幽靈能自由走動，還能快速逃逸，說明她的傷勢已經有了好轉。我們發現了魔藥，說明她服用了魔藥，這也就是她傷勢好轉的重要因素。而且，她還能找來報紙，說明她能夠外出，因此可以判斷她的傷基本上痊癒了，這樣就意味着她重新對外界構成了威脅！」

「我們一定要儘快抓住她。」本傑明很嚴肅地說。

「對！」博士點點頭，他揚了揚手中的報紙，「下面我要說的是第二點，我手上的這些報紙，絕對不是她用來專門引火的，想找用來引火的報紙很容易，而且乾樹枝也可以引火。但是《魔法世界報》就不好找了，這份報紙只有魔法師才能訂到，小精靈和大鼠仙也能訂到，她怎麼拿到這些報紙的我們還不知道，不過要取得這些報紙對她來說應該要冒一定風險的。對了，德普爾，你那個會議是什麼時候結束的？」

「大概五天前。」德普爾說。

「好的。」博士點點頭，「這些報紙都是最近的，冒着風險拿這些報紙，答案只有一個，那就是她非常想知道自己有沒有上報紙，通過報道分析我們的行動，這個幽靈很是狡猾呢。」

「我插一句，」夏克舉了舉手，「她怎麼知道有這張報紙的？」

「《魔法世界報》創刊好幾百年了。」德普爾解釋道，「她可能很早就知道了。」

「啊？」夏克一臉驚奇，「創刊好幾百年了？」

「真是無知呀！」愛麗絲又用力敲敲他的腦袋。

「我只看《泰晤士報》的體育版。」夏克躲避着，輕聲辯解了一句。

「其實我也不知道。」愛麗絲忽然一笑，夏克愣了一下，隨後也跟着笑了。

「她的傷基本好了，她還非常關注自己的消息。」博士環視着大家，「這樣我就有辦法了。」

「噢，」本傑明先是下意識地點點頭，忽然，他一副恍然大悟的樣子，「博士，你說什麼？你有辦法了？」

「嗯，」博士看着本傑明，「我們將在威克菲塔和她進行一場決戰！」

第十章　新聞報道

第二天晚上的倫敦塔，從外面看上去靜悄悄的。但是誰都不知道，這裏已經布下了天羅地網。

在威克菲塔的塔頂，本傑明和保羅隱身在上面；威克菲塔裏，博士、德普爾和海倫藏在最下層。威克菲塔對面的白塔裏，上下幾層埋伏着五名聯合會派出的魔法師，倫敦塔最周邊的防衛牆上，還隱蔽着十名魔法師。

這是一個全方位立體戰鬥部署，如果幽靈進入這個戰鬥區域，將處於層層的包圍之中，插翅難逃。

威克菲塔內的展廳裏，因為和幽靈交戰損毀的展架還沒有恢復，裏面顯得空蕩蕩的。下面一層的房間裏，東西也不多，只是擺放着幾把椅子。博士坐在椅子上，顯得很安靜。海倫和德普爾仰望着外面的夜空。在一張椅子上，擺放着一張《魔法世界報》，報紙右下角不太顯眼的位置，有一則報導——「倫敦塔發現有幽靈活動，該幽靈已被擊斃，倫敦塔徹底恢復平靜」。

報道標題的下面，就是正文——「根據本報記者桃樂西和見習記者雷米的報道，倫敦塔前些時候出現了一個在威克菲塔內哭泣的幽靈，大名鼎鼎的資深魔法師南森博士帶領小助手立即前往擒拿，他們輕鬆擊斃了哭泣的幽靈。南森博士的助手本傑明稱，這樣被輕鬆擊斃的幽靈確實不多見，說明該幽靈法力實在不高。無論怎樣，倫敦塔已經恢復了往日的平靜，再也不會有幽靈騷擾了。」

外面的月光斜射在報紙上，這條報道當然是博士授意編發的，他知道幽靈一定還會看報紙，而報道中言語的輕蔑無疑會大大激怒幽靈。已經傷癒的幽靈報復心切，不過她不一定知道南森博士的駐地，文中所述「倫敦塔再也不會有幽靈騷擾了」放在最後一句，但是是關鍵的一句，幽靈如果再次出現在倫敦塔，而且傷害幾個人，那就是對這條報道最有力的回擊——博士相信她一定會這麼做。至於她來到這裏是先來塔中哭泣，還是直接去攻擊警衛，博士確實不能知曉，但這不重要，塔裏的警衛在關門後就全部撤走了。

博士此時的心情很輕鬆，他相信自己的判斷。博士身邊的海倫已經痊癒了，她和德普爾誰都不敢大聲說話，儘管博士告訴他們可以說話，因為這次博士他們在倫敦塔外四個方向上的兩公里外就布設了幽靈雷達，一旦發現幽靈出現會立即知曉。塔頂上，本傑明身邊也有一個比幽靈雷達大兩倍的儀器，監視着天空，如果幽靈從天而降，也能在兩公里外發現她。

本傑明和保羅隱身躲在威克菲塔頂，本傑明的心情有一絲絲的忐忑，他擔心幽靈不來這裏，儘管他相信博士的判斷。

夜色覆蓋着整個英倫大地，天空中有淡淡的雲，遮擋着月亮和星星。倫敦塔的上空，聚集的星星似乎比平日多很多，它們都想看看即將爆發的激戰。

一直到午夜，激戰沒有爆發。

等到遠處的天色發白，激戰仍沒有爆發。

很有些疲倦的博士看着射進塔裏的陽光，陽光的出現意味着幽靈不會出現。

「我們撤，」博士站了起來，「今晚還來。」

海倫拿出對講機，對白塔和在周邊守衛的魔法師發出了通知。博士他們走到樓下，本傑明和保羅也走到了樓下。

大家都沒怎麼說話，一起向外走去。上了博士的車，本傑明抓了抓頭髮。

「博士，那個幽靈會不會發現我們的意圖呢？她可是看見了小精靈的。」

「要是她在樹林裏遇到的是我們，那我們刊發一條她已經被擊斃的報道就明顯是引她出來。」博士邊開車邊說，「但是她遇到的是小精靈，她可不知道小精靈是我們派去的。」

「我覺得她一定看到了報紙，但是身體還沒有徹底恢復，所以今天沒有來。」德普爾轉過頭對本傑明說。

汽車很快開回了偵探所，大家要回去休息，這個晚上他們整夜未睡，都很疲憊了。

經過一個白天的休息，晚上，博士帶領的捉妖團隊又出現在倫敦塔，他和海倫，德普爾再次進入威克菲塔一層。在對面的白塔裏，一個魔法師手裏拿着一張當天的《魔法世界報》，報紙的左下角有一則報道——《倫敦塔被擊斃幽靈的殘肢落地後對地面產生污染》。

倫敦塔裏，兩個警衛在巡邏，他們是魔法師裝扮的。他們的身旁，有隱身的魔法師進行保護。

本傑明和保羅在威克菲塔的塔頂，本傑明向下張望着。那兩個「警衛」一直在威克菲塔周邊打轉，本傑明看看手錶，已經是晚上十點了，他的精神很好，因為白天睡得很充足。

這個夜晚雲層厚了很多，而且稍稍起了風，本傑明向天空望了望，又看了看那台監控幽靈的儀器。

一陣微風掃過塔頂，趴在垛口向外看的保羅發現本傑明有些異常。

「來了，」本傑明的聲音有些發顫，「十一點方向，空中，距離我們兩千米。」

「明白。」保羅身上的探測系統也開始有了微微的反應，漸漸地反應越來越強烈。

地面上，兩名「警衛」正好走到威克菲塔的下面，一道淡淡的白霧拉成一條射線，從空中像子彈一樣射向地面，那道白霧在「警衛」身後戛然而止，一個尖尖的魔爪從空氣中忽然伸出，掃向後面那個警衛的脖頸。

「啪」的一聲，魔爪被什麼東西重重擊中，與此同時，那名「警衛」就地一滾，站起後面對那道白霧。

「你被包圍了！」一名魔法師顯出身形，是他砸中了幽靈的魔爪。

這時，博士帶着海倫和德普爾從塔裏衝了出來，海倫衝在最前面，她揚手就拋出一把顯形粉，那個幽靈當場就

顯出身形，她披着頭髮，滿目猙獰，只有一隻手臂。

「菲比！」博士突然大喝一聲。

「啊？」幽靈回答一聲，不過她隨即後退一步，「你……你知道我的名字？」

「萊本莊園的維修工人是你殺害的！」博士怒視着幽靈，「這次你跑不了了。」

「他們都該死，你們也一樣。」幽靈咆哮着，忽然，她手臂一揮，一股烈燄在身邊生成，先是組成了一個火圈，隨後這個火圈分成數股烈焰，噴向了圍着她的魔法師。

博士看到有一股烈燄直射過來，連忙低頭，那股烈燄從他的頭頂飛過，撲空後隨即繞了回來，再次撲向博士。海倫他們也一樣，都被烈燄追擊。

幾個魔法師從白塔裏跳了出來，直撲幽靈，幽靈馬上又射出幾道烈焰。威克菲塔的塔頂上，保羅站在垛口，導彈發射架已經打開，他瞄準着幽靈。

「別開火，不要傷到博士。」本傑明很着急，他真想跳下去，但是博士要他守在塔頂。

「我知道。」保羅搖晃着身體，導彈鎖定着幽靈。

塔下，博士他們還在被烈燄糾纏。那個幽靈看到圍捕自己的魔法師眾多，也急於脫身，她的身體化成一條白色透明的煙霧，突然高速旋轉，隨即直飛上天。

就在她升空四五十米的時候，「噹」的一聲巨響，她撞到了一堵無影無形的牆上，威克菲塔頂上，本傑明的手指向天空，這堵防穿鋼鐵牆正是他指揮守在周邊守衛的魔法師一起設立的，正面攔截在幽靈逃跑的路線上。

幽靈撞到鋼鐵牆上，直直地墜向地面，離地還有十幾米的時候，她再次快速拉起，像一把尖刀一樣，再次衝向鋼鐵牆，只聽「噹」的一聲，她又被彈開，這次她有所準備，沒有墜地，下降幾米後又向鋼鐵牆衝去。

「保羅，轟她！」本傑明一手指着天，控制着鋼鐵牆，一邊大聲下令。

「嗖」的一聲，一枚導彈對着幽靈就射了過去，「轟」的一聲巨響，導彈射穿了變身煙霧的幽靈，撞在鋼鐵牆上爆炸。

「啊——」的一聲慘叫，白色的煙霧被爆炸衝擊波炸成幾段，紛紛落地。保羅有些愣住了，他也不知道該向哪段煙霧射擊了。

落地後的幾段煙霧快速地聚攏在一起，幽靈頓時變成人形，她半躺在地上，大口地呼吸着，她的腰部明顯地少掉了一塊。

地面上，博士等人還在和烈燄搏鬥，他擺脫不了烈燄，多少有些惱怒，索性迎着那股襲來的烈燄，雙手一推，念了一句口訣，一塊圓圓的盾牌出現在他的手上，博士用盾牌擋住了那股烈燄，但是盾牌旋即開始發紅，他的手掌有一股燒灼感。

「爆——」博士怒視着烈燄，大喊一聲，只聽「轟」的一聲，烈燄被炸開，化成無數細小的火團，或是升空或是落地，然後漸漸熄滅。

海倫等人也在和烈燄搏擊，博士看到海倫念避火咒防衛，身體已經被烈燄包圍了。他知道海倫這樣支持的時間不會很長。

「念震爆咒——」博士高聲喊道，隨即揮手指向包裹着海倫的烈燄，「炸碎它——」

包裹着海倫的烈燄在爆炸聲中散成無數碎片。

第十一章　幽靈被擒

地面上，被導彈擊落的幽靈舒緩過來，她驚恐地看到自己的招數被破解。幽靈站了起來，向天空看了看，她知道一時衝不破阻攔的鋼鐵牆，更懼怕保羅的導彈，只能放棄了逃竄的念頭。

擺脫攻擊的博士等快速形成一個包圍圈，將幽靈團團圍住，幽靈看看那些魔法師，惟一的手抓護在胸前，長長的指尖劃過一道白光。

「你馬上放棄抵抗！」博士大聲喝道，「束手就擒吧。」

「嗖——嗖——」，半空中，兩個守衛在倫敦塔周邊城牆上的魔法師交叉飛過，意思很明顯，就是空中也被魔法師控制了。

幽靈怒視着魔法師們，她忽然低頭看看地面，想鑽地逃遁，猛地，她發現地面上伸出幾個小腦袋，原來是幾個小精靈，那幾個小精靈都眨着大眼睛看着自己。幽靈徹底絕望了，她沒想到這次連地下也被魔法師們控制了。

「啊——」幽靈突然大怒，她雙腳離地，騰空而起，尖尖的爪子直插博士的咽喉，她知道先要擊敗為首的魔法師。

「嗨——」博士一點也不躲避，他伸出單拳，迎面砸向幽靈的指尖，「無敵鋼鐵拳——」

「啊——」的一聲，幽靈的指尖撞到博士的拳頭上，當即全部折斷，她痛苦地嚎叫起來，接着翻滾在地。

「嗨——」海倫和德普爾雙雙上前，圍住幽靈舉拳就打，幽靈站起後迎擊，雙方打在一起。

兩個魔法師想上前幫忙，博士搖了搖手，阻止了他們。

海倫和德普爾一左一右，圍着幽靈連續攻擊，那個幽靈左右招架，一點不肯退讓，海倫從側面一腳將她踢翻在地，幽靈爬起來繼續抵抗，她只有一隻手臂，但是出招動作迅速，一一化解了海倫和德普爾的攻擊。

海倫和德普爾左右配合，步步緊逼，幽靈漸漸地顯現出體力不支的表現，她此時身上還有重傷，那隻單手多次防護腰部。

「海倫，退——」博士觀看着戰局，他忽然喊了一聲。

海倫稍有不解，不過她還是撤出了戰鬥，只有德普爾和幽靈相互擊打。博士和海倫對視一下，互相點了點頭。

德普爾在海倫撤出戰鬥後，一時被幽靈逼得倒退幾步，不過他隨即調整過來，連續出拳，其中一拳正中幽靈的腹部，幽靈又發出一聲慘叫，倒退了幾步，差點摔倒。

「嗨——」德普爾不等幽靈站穩，飛出一腳，重重地踢在幽靈的身上。幽靈的身體橫着飛了出去，隨後倒地，想爬起來，但沒有成功。

「可以了。」博士看看身邊的海倫，點點頭。

海倫隨手拋出一根綑妖繩，綑妖繩先是飛向天空，然後快速下墜，衝向幽靈，轉眼就在幽靈身上繞了幾圈，隨後開始收緊，幽靈嘴裏叫罵着，她躺在地上，一動不能動。

德普爾走過去，看看腳邊的幽靈，然後轉身看看博士，興奮地笑了起來。

博士也笑了笑，他轉身並抬起頭，望着威克菲塔的塔頂，招招手。

「本傑明——保羅——你們下來吧——」

「來了——」本傑明和保羅一起喊道。

博士不慌不忙地走向躺在地上的幽靈，幽靈此時臉部觸地，剛開始的時候她還掙扎了幾下，現在完全放棄了。

本傑明和保羅快速地跑下來，他們衝上前，好奇地看着倒地的幽靈，除了在周邊城牆上防衛的魔法師，大家都圍了過來，幾個小精靈——他們也是博士請來的援軍，從地下鑽了出來，其中一個上前把幽靈的身體翻轉過來。

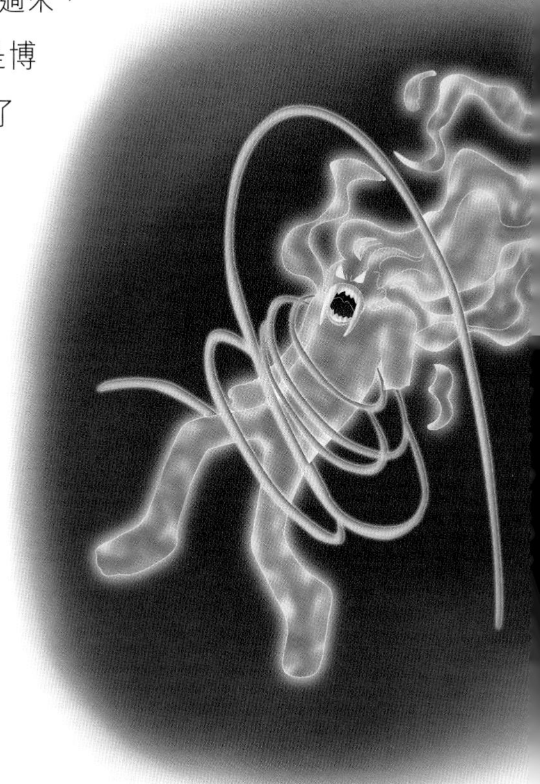

「我……我要毀滅了……」博士還沒開口，幽靈先說話了，她喘了口氣，「我……我這次要完全毀滅了……」

博士明白幽靈的意思，她腰部的那個大

洞幾乎有一個餐盤那麼大，白色和綠色的液體不斷地流下來，就是給她服用魔藥，這種致命傷勢也支持不了多久。

「你就是菲比？萊本莊園的女莊園主？」博士彎下腰，問道。

「我就是，」菲比説着忽然激動起來，「把我埋在萊本莊園，那裏現在是一片樹林，就在愛丁堡南邊……」

「可以考慮。」博士注視着即將毀滅的幽靈，「我有一些問題，你最好能回答……」

「快點問。」幽靈菲比説着兩眼望着天，張開嘴用力呼吸了一口氣。

「萊本莊園主塔裏死了幾個維修工人，是你幹的吧？」博士首先問。

「在我的莊園裏睡覺，這不是找死嗎！」菲比沒有正面回答，她突然瞪着博士，「如果你是幽靈，你會怎麼做？」

「魔法師追捕你，你就跑了，你跑到哪裏去了？」博士又問。

「記不起來了。」菲比這次還算是認真，「反正我跑了。」

「好，從你跑了以後，到現在一共好幾百年了，這期間你傷害過人類嗎？」

菲比沒有說話，只是吃力地點點頭，隨後又望着天空。

「你這次到倫敦幹什麼？」博士快速地進入到主題中來。

「我是被僕人燒死的，放火的叫麥斯利。」菲比緩緩地說，「我查到他的後人生活在倫敦，我要復仇，前些天就來到倫敦，這是我第一次來這裏。」

「找他的後人復仇，已經幾百年了。」德普爾有些吃驚，不過他很快搖搖頭，他忘了面對的是一個幽靈，「好，好，你繼續說……」

「我沒找到麥斯利的後人，但是看到了這座塔。」菲比望着威克菲塔，「塔下有標示牌，說這是威克菲塔，這不是威克菲塔，這是我的莊園的主塔，這裏是我的地方，我才是主人！」

「你想怎樣？」博士追問道，「留在這座塔裏，這裏早就被列入了人類遺產目錄，是觀光勝地，你敢在這種地方駐留？」

「什麼目錄？我不知道，我就知道這是萊本莊園的主塔。」菲比爭辯起來，似乎還理直氣壯。

「她應該是什麼都不知道。」博士明白了什麼，他看看身邊的小助手，「基本上與世隔絕，而且看到和自家一樣的建築，也不會顧忌太多。」

「所以她就跑到這裏來了。」海倫點點頭，她看着菲比，「白天不敢來，晚上才來，對嗎？白天陽光直射塔裏。」

「嗯。」菲比小聲地說。

「那你晚上哭什麼？有什麼好哭的？」海倫又問。

「我是被燒死的，我的莊園也毀於大火。」菲比怒視着海倫，「你認為我應該笑嗎？我在這座塔裏，想到那些慘事，是要哈哈大笑嗎？」

海倫吐吐舌頭，不說話了。

「目的不只是想到以前的事太過悲傷吧？」博士冷笑着，「幾次三番的天黑後前往，故意哭出聲來，想嚇走人類，把這裏弄成鬼宅，你就好佔有這裏了。對吧？」

菲比沒說話，微微點點頭。

「你沒有想到想嚇一嚇的遊客正好是個魔法師，你跑掉後還是不死心，過了幾天又來塔裏哭，結果被我們抓到。我想問一下，你已經在塔裏遇到魔法師了，怎麼還敢前來？」

「這是我的塔，我願意來就來。」菲比盯着博士，她發現博士聽了這句話很生氣，閉上了眼睛，放緩了聲音，「我第一次遇上的魔法師功力很差，我覺得如今的魔法師就是這個水準，所以又去了，結果腰部被你砸進去一個瓶子……」

菲比不再說話了，她閉上了眼睛。德普爾聽到她的話，臉不禁紅了。

「我還想問個問題。」博士沒有再糾纏這個問題，「你這次來是不是看了有關你的兩則報道，前來製造血案，以回應報道呢？」

「是！」菲比睜開眼睛，她發怒了，「我上了你們的當！」

「你是不是早就知道有《魔法世界報》？你是怎麼拿到《魔法世界報》的？」

「我成為幽靈第三年就知道了。」菲比說，「這次我來倫敦，無意中發現倫敦郊區有一家大鼠仙，訂了這份報紙，他們把當天看完的報紙就扔在門後。開始我沒在意，上次被你們炸斷胳膊後，我想報仇，就想看看報紙上有沒有登我的消息，看看是誰在抓我，就去那裏撿每天的報紙。」

「那要冒很大的風險，你從大鼠仙家門經過，他們對你們很敏感，能感知到你，你不會連這點也不知道吧？」博士說，「他們要是發現你就會報告給魔法師，你不怕？」

「分身呀。」菲比似乎有些得意了，「分十分之一的身體飛出去，快速撿起報紙就走，大鼠仙感知不到。」

「明白了。」博士點點頭，隨後問了一個不算問題的問題，「你的火攻很厲害呀，第一次和我交戰就用火噴我，後來又把我們堵在塔裏燒……」

「火，我喜歡火，我最明白火的厲害。」菲比臉上劃過一絲難以形容的笑容，她打斷了博士，「我就是被火燒死的，我喜歡練習和火有關的法術！」

博士沒有再說話，他輕輕地搖搖頭，隨後看看周圍的人。

「你們還有什麼問題？」

大家都搖搖頭。

「記得我説過的話。」菲比帶着懇求的語氣説道，這和她剛才的語氣很不同，「我已經回答了你的問題了，把我埋在萊本莊園。」

「可以。」博士點點頭。

菲比微微一笑，隨後閉上了眼睛，她喘了幾口氣，隨後呼吸越來越弱。

「等她死了再把她收進裝魔瓶。」博士看着菲比身上的洞，「估計還有一個小時……」

尾聲

三天後的魔幻偵探所裏，海倫又寫了一首詩，追着本傑明聽自己的朗誦。本傑明捂着耳朵跑，不肯聽海倫念詩。

海倫抓到了本傑明，她有些生氣。

「本傑明，前些天我養傷的時候你説過我好了會聽我念詩，現在怎麼不聽了？」

「那是因為你有傷，現在你都好了。」本傑明理直氣壯地説，「我憑什麼聽你的詩？」

「你！」海倫翻翻眼睛，「你説話也太直接了吧，我……」

「要是今晚你肯洗碗，我可以聽上半首，要是明天也幫我洗碗，我可以聽一整首。」

「這個……」海倫想了想，「今晚幫你洗碗，聽一整首，怎麼樣？」

「嗨，你可真會算賬……」本傑明叫起來，他還想討價還價。

這時，桌子上的電話響了，海倫連忙去接電話。接好電話，她又拿起了寫詩的筆記本。

「誰來的電話？」本傑明問。

「德普爾，他說已經到了斯塔福德了，還感謝博士和我們的幫助，我說博士現在不在，回來打電話給他。」海倫說道，「博士呢？」

「和保羅去給小精靈買藍莓漿果了。」本傑明回答。

與此同時，在不遠處的一處公園裏，一個隱秘的魔法世界市場，博士和保羅正站在一個大鼠仙的攤位前問價，這個攤位上有好幾箱藍莓漿果出售。

「全是早上剛剛採摘的。」大鼠仙賣力地介紹自己的商品，「每磅只要五十鎊，全倫敦乃至全英國乃至全世界最低價。」

「五十鎊還最低價？太貴了。」保羅搶着說，他看看博士，「我們走吧，我看到那邊也有賣的……」

「不要走呀，我可以給你打個折呀。」大鼠仙晃晃腦袋，「十五鎊，不能再便宜了。」

「這個價錢還差不多。」博士算了算，「那就在你這裏買，我要英格蘭產的……」

「好的，我這裏全都是英格蘭產的……」大鼠仙非常高興，連忙說。

「我還要蘇格蘭產的。」博士繼續說。

「好呀，我這裏全是蘇格蘭……」大鼠仙止住了話語，「你到底要英格蘭產的還是蘇格蘭產的……」

「都要呀。」博士說道，「你這裏到底都是哪裏產的？」

「這個嘛……看你的需要嘍。」大鼠仙笑了笑，「你的口味還真怪，又要英格蘭產的又要蘇格蘭產的，還不一次說清楚，這讓我很被動呀……」

「我是給人家買的。」博士聳聳肩，「你這裏到底是哪裏產的？」

「這個嘛……」大鼠仙轉轉眼睛，他揮手指着自己的藍莓，「啊，這兩箱是英格蘭產的，這兩箱是蘇格蘭產的……」

博士和保羅對視一下，都瞪大了眼睛。保羅轉身就走，博士也跟着走了。

「我還是去那邊看看吧。」博士邊走邊說。

「喂，怎麼走了？」大鼠仙見生意跑了，着急了，「回來呀，一磅收你五鎊了，不能再低了……」

偵探課堂

設局抓捕的技巧

姓名：

課次：

內容：設局抓捕的技巧

學習重點：1. 確定抓捕物件，了解抓捕物件的喜好、秉性特點等
2. 針對抓捕物件的特點制定方案
3. 選擇抓捕地點，進行內外布置
4. 沉着應對各種突發事件，實施抓捕

各位小偵探：

本集講述了倫敦塔內一個女幽靈作怪的故事，這個女幽靈其實遠在蘇格蘭的愛丁堡，前來倫敦也是偶然。南森博士和小助手們抓到她也真是困難，期間自己還差點被女幽靈燒死在倫敦塔裏。不過他們最終還是設局抓到了女幽靈，清除了一個大隱患。

大家在書中看到，南森博士最後採用了引蛇出洞的辦法，巧妙地設計了一個圈套，最終「套」中了女幽靈，由此可見，任何一個案件中查找線索當然重要，而最後實施的抓捕方法也很重要，破獲案件的目的之一就是抓到罪犯，而罪犯都是狡猾的，不會束手就擒，成功地設局抓罪犯，是整個偵破過程中極為重要的一環。現在，我們就來學習一下設局抓捕的技巧。

偵探課堂

1. 確定抓捕物件，了解抓捕物件的喜好、秉性特點等。抓捕罪犯，當然要先確定罪犯具體是誰。只有了解了這些，才能知己知彼、有的放矢地制定計劃，掌握物件的特點是成功抓捕的重要前提。

2. 掌握了抓捕物件的特點，就可以制定計劃了。本集中南森博士就針對女幽靈報復心極強的特點，設計了一個登報披露幽靈被擊斃的消息，以此來激怒女幽靈，最終把她引了出來，否則她一旦遠走高飛，再抓她可就難了。有些影視作品中，警方為了抓捕毒販，故意通過線人放風說要進行毒品交易，而巨大的利益驅使，使得那些藏匿很深的毒販出來交易，最終落入法網，這可不是簡單的影視故事，這些素材其實大都取材於現實中的案例。

3. 制定好計劃，接着進行的就是抓捕的選擇了。本集故事中南森博士把女幽靈引回了倫敦塔，為了防止傷害無辜，他事先清理了現場，很多時候，要抓捕的罪犯都是窮兇極惡的，一旦發現自己被包圍，會瘋狂地反擊，此時就有可能傷及無辜，所以抓捕地點的選擇要特別小心，最好不要選擇在鬧市，這樣不僅容易傷害到無辜，罪犯也容易逃脫。

4. 在抓捕中，會有各種意外的發生，此時一定要沉着應對，例如抓捕人員一旦引起正在步入包圍圈中的罪犯的懷疑，要有何種應對措施，事先都要有個計劃，為了針對有可能出現的罪犯突然受驚逃跑的突發事件，包圍圈的設立也不能單一，最好設置多層包圍圈，一旦發現罪犯逃跑，立即包圍。

魔幻偵探所